MANOEL CARLOS KARAM

ALGUM TEMPO DEPOIS

ILUSTRAÇÃO DA CAPA **André Ducci**

PROJETO GRÁFICO E DIAGRAMAÇÃO **Frede Tizzot**

REVISÃO **Iara Tizzot**

© ARTE & LETRA 2014
© 2014 BRUNO KARAM E KATIA KERTZMAN

K18a   Karam, Manoel Carlos
        Algum tempo depois / Manoel Carlos Karam. – Curitiba :
        Arte & Letra, 2014.
        176 p.

        ISBN 978-85-60499-61-8

        1. Literatura brasileira. 2. Ficção. I. Título.

                                                            CDD B869

Arte & Letra Editora
Alameda Presidente Taunay, 130b. Batel
Curitiba - PR - Brasil / CEP: 80420-180
Fone: (41) 3223-5302
www.arteeletra.com.br - contato@arteeletra.com.br

MANOEL CARLOS KARAM

ALGUM TEMPO DEPOIS

EDITORA ARTE & LETRA
CURITIBA
2014

PRESSA

    Reduzi a velocidade para permanecer atrás do caminhão do lixo observando os homens da coleta, o movimento dos sacos apanhados na calçada e lançados no caminhão, aquilo me pareceu um bom começo de dia.

    Eu estava a uns 50 metros do caminhão, foi assim durante três ou quatro quarteirões, a rapidez dos homens era uma boa cena, o caminhão sempre em movimento, os homens davam conta do trabalho, ágeis, o caminhão não tinha necessidade de parar.

    Dois homens, um para cada lado da rua, o caminhão ia pela direita, o homem da calçada da esquerda corria mais para acompanhar o caminhão, os sacos de lixo estavam mais longe, no outro quarteirão eles trocaram de lado, revezamento para cansar igual.

    O homem da calçada da esquerda, assim que houve a troca de lado, corria com os sacos de lixo, um arrebentou, espalhou lixo pela rua, não era um bom começo de dia para o homem.

Acelerei para ultrapassar o caminhão, desviei do homem recolhendo o lixo espalhado, o pneu dianteiro direito passou sobre algo, mesmo com os vidros do carro fechados eu ouvi o ruído de uma garrafa de plástico, talvez não fosse, escolhi manter como verdade a impressão que tive, se um dia contasse o que aconteceu diria que havia sido uma garrafa de plástico.

Eu conhecia mais gente que tinha aquele tipo de comportamento, caindo em dúvida decidia por algo, passava a ser aquilo, deixava de existir dúvida, garrafa de plástico, pronto.

O escritório ficava longe da minha casa, eu tinha vários caminhos alternativos, procurava variar de rota, usava até mesmo a rota que significava meia hora a mais, quarenta e cinco minutos a mais, porque eu via necessidade de usar caminhos diversos.

Eu fazia o trajeto num tempo variável não somente pelas diferentes distâncias das alternativas, mas também porque em certos dias alguma coisa me obrigava a reduzir a velocidade.

O projeto de fazer um dia o caminho a pé existiu, foram muitos os começos de manhã e finais de tarde em que dirigi pensando naquela ideia, planejando a aventura, o longo caminho entre a casa e o escritório a pé, eu teria o que contar para sempre.

Eu seria visto por uns como um maluco, por outros como um ousado, haveria quem me chamasse de atrevido, talvez fosse xingado de exibicionista.

Após o atrevimento de caminhar, passei a planejar outra ousadia, comprar uma bicicleta, pedir a entrega para o final da tarde no escritório, e ir para casa de bicicleta.

Exibicionista atrevido, tão exibicionista e atrevido que no dia seguinte, de manhã, seguiria de casa para o escritório a pé, pois na véspera havia retornado para casa de bicicleta e deixado o carro no estacionamento do escritório.

Eu não tinha ideia de quanto tempo demoraria aquele trajeto a pé ou de bicicleta, mas aquelas ideias costumavam ser minhas companheiras enquanto dirigia o carro entre minha casa e o escritório.

A ideia de me locomover de ônibus não foi cogitada mais do que meia dúzia de vezes, porque era necessária uma combinação de linhas de ônibus, não havia uma delas que fizesse o meu trajeto, e também porque ônibus não representava a ousadia da caminhada e da bicicleta, ônibus era pouco ou nenhum exibicionismo.

A hipótese do táxi me ocorreu algumas vezes, quando havia dificuldade no trânsito e eu imaginava outra pessoa dirigindo o carro por mim.

Um dia consultei o mapa do metrô, mas não encontrei qualquer coisa que me indicasse ousadia.

Ir de carro para o escritório não era um arrojo, mas permitia algo como o que fiz no dia do caminhão do lixo ou quando vi o camelô na calçada oferecendo relógios.

Enxerguei o camelô só no momento em que passei por ele, reduzi a velocidade, aproximei o carro da calçada, parei, saí do carro com alguma ansiedade, caminhei até o camelô atrás de uma mesa com um pano branco coberto por relógios de pulso.

Vinte, trinta, quarenta relógios, não fiz a conta, verifiquei a hora de cada um durante o movimento em torno da mesa, para o camelô a certeza de que eu estava escolhendo um relógio, não, eu estava olhando as horas.

Um por um, todos os relógios de pulso do camelô, nenhum escapou, vi as horas de todos, não expliquei para ele, devo ter resmungado uma despedida e retornei para o carro sem qualquer ansiedade.

A minha memória abriu o arquivo da coleção de relógios, a coleção que eu não fiz, antes o jovem que não tinha como acumular relógios, depois o adulto sem tempo para cuidar da coleção, e fui dirigindo para o escritório envolvido com a coleção de relógios onde, nunca, dois relógios teriam a mesma hora.

Eu não me lembrava do horário em que saí de casa, não consegui calcular quanto tempo já estava dirigindo, decidi por vinte e cinco minutos, e que havia gastado cinco minutos com o caminhão do lixo e outros cinco com o camelô, portanto já durava trinta e cinco minutos, era um bom tempo, eu não estava atrasado, decidi que não estava atrasado.

Acelerei, sempre acontecia quase no fim da viagem, eu percebia uma certa ansiedade em chegar, em entrar logo no elevador, nunca me imaginava estacionando o carro, chegando no prédio ou no escritório, naquele momento de ansiedade eu sempre me imaginava entrando no elevador.

As alternativas de caminho para a minha viagem tinham pontes, viadutos e túneis, eu me referia a eles como acidentes geográficos, como se eles fossem o que me restou das aulas de geografia.

Entrei no túnel, era desnecessário acelerar para aumentar a velocidade, a pista tinha uma queda acentuada, a velocidade crescia mesmo sem apertar o acelerador, quando chegava ao ponto mais baixo eu podia tirar o pé porque havia impulso para o carro arremeter, percorrendo a subida até sair do túnel, e deixar o túnel para trás era o aviso de que eu estava muito perto do final da viagem.

Cheguei no elevador com alguma afobação, ele estava bem cheio, a melhor posição para os braços era abaixados rente ao corpo, fiz um movimento rápido com a cabeça, contei oito pessoas, não me incluí na conta, eu achava aquilo cômico, e incluí também na comédia que todas as pessoas no elevador estavam usando relógio, mas duvidava da existência de dois exatos na mesma hora.

Ergui o braço direito lentamente, toquei de leve na bolsa de uma mulher, trouxe o pulso para perto dos olhos, vi as horas, ótimo, eu estava no elevador no tempo certo para entrar no escritório no momento mais adequado para as minhas funções.

Aproveitei o braço erguido para conferir o nó da gravata, em casa eu havia hesitado um pouco a respeito da gravata, tinha três opções, escolhi, qualquer uma delas teria sido uma boa escolha, mas o ato de escolher era bom para mim, durante o dia no escritório, em muitos momentos, eu estaria também diante de escolhas, assim o meu dia começava em casa com uma escolha, era uma boa maneira de começar o dia.

Fui o último a sair do elevador, antes girei a cabeça para vê-lo vazio, caminhei pelo corredor, era o começo do dia mas já havia gente vindo no sentido contrário, eram os funcionários que estavam saindo para o trabalho de campo, acenei ou sorri para os conhecidos, cumprimentei com bom-dia a moça do telefone, entrei na minha sala.

Acomodei o paletó no espaldar da cadeira, liguei o computador, havia uma única mensagem, naquela ocasião estávamos lidando com uma operação muito difícil, o cliente presunçoso e o alvo escorregadio, a mensagem se referia ao perfil do cliente.

Ele tinha pressa, portanto não vi qualquer necessidade naquela mensagem, todo cliente tinha pressa, fazia parte do trabalho atender o cliente com rapidez, a coordenação perdia tempo com mensagens informando que o cliente tinha pressa.

A mensagem explicava a pressa do cliente com a informação de que o alvo também tinha pressa, então concluí que aquela não era uma mensagem de pressa igual às outras, mas a mensagem não estava clara, ou ficou obscura porque me surpreendeu ler que o alvo tinha pressa, quando habitualmente a pressa era do cliente.

Reli a mensagem tentando decidir se ela era redundante ou havia uma novidade no trabalho, se ela destacava o perfil do cliente ou do alvo ou de ambos, senti um arrepio quando as minhas reflexões me mostraram que a primeira impressão de mensagem rotineira estava equivocada, que aquela era uma mensagem muito importante, e diferente de todas as recebidas pelo meu computador.

Arrepio não era comum na minha vida, marcou alguns momentos, uns poucos, e era arrepio sem arrepio, não me passava qualquer arrepio, eu vivia apenas uma espécie de sentimento de arrepio, a ausência de um arrepio obrigatório forçava a me sentir como se tivesse tido um.

O sentimento de arrepio diante da mensagem no computador fazia sentido, pois eu havia descoberto um equívoco, desfeito simultaneamente com a descoberta.

Imediatamente resumi a mensagem, entendi que o cliente tinha pressa não pelo comportamento habitual de todo cliente, mas porque ele havia detectado que o alvo estava com pressa.

O computador deu o sinal da chegada de nova mensagem, abri ansioso, depois de tanto tempo recebendo mensagens rotineiras, e se aquele dia havia sido aberto por uma mensagem surpreendente, fiquei aguardando mais um espanto, esperando outro arrepio, e foi exatamente assim, espanto e arrepio, a nova mensagem pedia para ignorar a anterior.

ESPORTES

Enquanto entrava no elevador do prédio eu já me sentia em casa, havia chegado, porque no elevador eu pensava nas coisas da casa, e naquele dia foi impossível não pensar no apartamento vazio, a minha mulher estava viajando, a minha mulher estava sempre viajando.

Eu chamava o apartamento de casa, ou chamava pelas duas palavras, a minha mulher dizia que casa e apartamento eram completamente diferentes, que não adiantava chamar o apartamento de casa querendo um sinônimo de lar, mas nós não estávamos brigando, não, ela dizia coisas como aquela nos momentos alegres, quando ficávamos à noite bebendo vinho, porque ela não estava sempre viajando.

A minha mulher estava sempre viajando, a força de expressão tinha que ser aquela mesma, sempre viajando, a minha mulher estava sempre viajando, o trabalho dela a obrigava a ter malas permanentemente prontas, viajava de uma hora para outra, saía de casa acreditando que passaria o dia na empresa e à noite voltaria para casa, no começo da tarde ela embarcava inesperadamente para o exterior, ela não usava mais a palavra inesperadamente nem a palavra exterior para falar das viagens dela.

Abrir a porta do apartamento e encontrar ou não encontrar a minha mulher em casa havia se ajeitado muito bem na rotina, nenhuma das duas situações era incomum, quando eu saía de casa não sabia como encontraria a casa na volta, de manhã estava me despedindo da minha mulher até à noite ou até o dia seguinte ou até a próxima semana.

Aquela viagem estava programada para três dias, o que não significava que duraria três, pois tudo poderia ser resolvido em algumas horas ou em um dia, e aquele era o motivo, no elevador, de cogitar a hipótese de encontrar a minha mulher em casa, para em seguida descartar a hipótese.

Subia de elevador pronto para entrar no apartamento e encontrá-lo vazio de minha mulher, eu havia abolido a hipótese do retorno antes do previsto porque pretendia ser surpreendido pela volta dela em vez de frustrado pela descoberta de que a probabilidade era falsa.

Sair do elevador e entrar em casa produzia uma sensação boa, tudo era muito rápido porque no elevador já me sentia em casa, mas eu não me limitava a pensar naquilo, comentava com a minha mulher e com os colegas no escritório as minhas ideias sobre elevadores.

Um deles no escritório definiu o elevador como parte da casa mesmo estando no andar térreo, no subsolo ou despencando, despencando, ele disse, não gostei do comentário, tanto que por pouco não fui rigoroso com ele além da conta naquela operação para revelar o que a fábrica de geladeiras estava mudando no desenho da parte interna da porta.

Dei os primeiros passos dentro do apartamento pensando nas alternativas para a minha atividade nas próximas horas antes de dormir, o jantar, havia o jantar no meio do caminho entre o chegar e o dormir.

Liguei o computador para ler as notícias, gostaria de reler as duas mensagens que me surpreenderam no escritório, mas era impossível acessar a rede do escritório em casa.

Eu não estava pensando que as mensagens representassem problema no trabalho, a minha curiosidade era infantil, queria saber como aquilo transcorreu, como os funcionários se comportaram entre uma mensagem e outra, e quantos palavrões foram pronunciados quando enviaram a segunda mensagem, curiosidade infantil.

Li as notícias da bolsa, falavam de ações de clientes e alvos que me eram conhecidos, mas nada sobre o cliente e o alvo da operação que me envolvia naquele dia, as notícias da bolsa também eram curiosidade infantil, eu preferia os resultados esportivos.

Coloquei o jantar no forno, quando apertei o botão para ligar não me lembrava mais qual era a comida que havia escolhido, mas quando se tratava do meu apetite sempre havia a possibilidade de ser macarrão.

As notícias do esporte traziam resultados do vôlei, ciclismo, futebol, basquete, atletismo, gostava de ler os resultados das competições, gostava de ler notícias de gente vencendo, não seria capaz de acompanhar um jogo pela televisão, conhecer os resultados era suficiente.

Desliguei o computador quando o forno avisou que o jantar estava pronto, comi macarrão com carne, pensava em como eu era hábil ao ignorar os derrotados nos resultados esportivos.

TRAVESSEIRO

Na cama, sozinho, era como estar num elevador sem outros passageiros, o que acontecia muitas vezes no elevador para chegar em casa, nunca no prédio do escritório, havia o chegar sozinho silenciosamente em casa e havia o chegar no trabalho em um elevador silenciosamente lotado.

Fui levado a pensar na presença do silêncio, isto eu e a minha mulher já havíamos conversado à noite bebendo vinho, eu disse que silêncio não era ausência, era presença, ela chamou aquilo de coisa muito boba, ela disse exatamente assim, coisa muito boba, então eu argumentei com o exemplo da música, um silêncio entre duas notas, ela modificou a observação dizendo que aquilo era uma coisa apenas meio boba.

O relógio na mesa-de-cabeceira indicava que era hora de dormir como indicaria de manhã a hora de acordar, uma algema, aquilo me fez pensar em chamar o relógio de algema, nunca conversei sobre o relógio e a algema com a minha mulher, ela chamaria de coisa boba demais.

Quando eu acordava no meio da noite, antes de olhar para o relógio, tentava adivinhar a hora, a intenção era conseguir controle sobre o tempo, controle, que não fosse necessário ver o relógio, que para saber a hora bastava pensar nela.

O projeto de tornar o relógio da mesa-de-cabeceira inútil não foi adiante, nunca adivinhei a hora no meio da noite, portanto o projeto de abolir todo e qualquer relógio também foi abandonado, esquecido no meio de certa noite, ao perder o sono por algum motivo desconhecido.

Me virei lentamente na cama para olhar para o relógio na mesa-de-cabeceira, ele indicava que a hora de dormir havia passado, que era necessário fechar os olhos, esperar até que avisasse a hora de reabrir os olhos, eu tinha razão em chamar o relógio de algema, decidi que à noite durante o vinho falaria com a minha mulher sobre algemas, ou falaria com a minha mulher sobre reflexões muito bobas às vésperas do sono.

Eu não tinha autorização para falar com a minha mulher sobre o meu trabalho, ela não deveria ter conhecimento de qualquer detalhe das operações, havia o meu compromisso de ficar calado, era permitido apenas dizer que se tratava de um escritório, apenas escritório, escritório era a melhor maneira de falar dele.

A minha mulher me disse que pretendia comprar um novo par de tênis para as caminhadas, naquela época eu estava trabalhando numa operação onde o alvo desenhava um novo modelo de tênis, no primeiro instante o sentimento de arrepio, mas havia sido coincidência, pelo menos eu decidi que havia sido coincidência.

Ela caminhava todos os dias, mesmo nas viagens ela conseguia algum tempo para caminhar, tirava tempo das horas de sono quando não havia outro jeito, nunca deixava de caminhar, nos dias de chuva a minha mulher entrava em alguma grande loja de departamentos para caminhar pelos corredores.

Uma noite, no exterior, o serviço de segurança do hotel se mobilizou, havia uma mulher caminhando de um lado para o outro no corredor do décimo andar, atitude extremamente suspeita.

Algumas vezes me referia às viagens da minha mulher chamando a ida de exportação e a volta de importação, era com o que ela lidava, era como eu via o trabalho na vida dela, e fiz até mesmo de esperá-la com flores e vinhos após uma importação cansativa, e ela me surpreendeu dando mais atenção às flores.

Havia uma coisa curiosa nas viagens da minha mulher, ela nunca comentou algo que não tenha dado certo, todas as viagens, todas mesmo, eram bem-sucedidas, os negócios iam sempre muito bem, não havia no retorno qualquer expressão que denunciasse algo errado, um fracasso ou decepção.

Eu não podia dizer o mesmo do meu trabalho, muitas operações não acabaram bem, porque não revelamos as informações necessárias ou porque as informações foram reveladas quando não havia mais tempo para o cliente sair na frente ou simultaneamente.

Aquela história do tempero para macarrão era um pesadelo recorrente no escritório, o cliente pretendia ter a revelação com tempo suficiente para lançar o produto na mesma época em que o alvo, mas o alvo agiu com cuidados extremos e acabaram em nossas mãos três receitas falsas, por pouco o cliente não colocou uma delas no mercado.

Eu nunca tinha certeza se a história sempre reaparecia porque foi um fracasso ou porque o nosso grande fracasso foi numa operação envolvendo um tempero para macarrão.

No começo nós não queríamos admitir, mas depois acabamos aceitando que era uma história muito engraçada, o nosso grande fracasso não foi com um novo modelo de automóvel, onde nós nos saímos muito bem, não foi com uma campanha de vendas na área da telefonia, quando o nosso cliente chegou antes ao mercado com a campanha copiada, e o alvo acabou nos descobrindo e se transformou em cliente, não, o nosso grande fracasso foi com um trivial tempero para macarrão.

Sempre gostei de macarrão, cada vez que a lembrança da operação fracassada voltava, recordava que aquilo tinha relação com o fato de gostar de macarrão, não significava que se não gostasse a operação teria sido um sucesso, apenas me lembrava que o fato de gostar de macarrão era muitas vezes a causa da lembrança do fracasso.

Eu mesmo custava a acreditar que o meu gosto por macarrão fosse tão intenso a ponto de me fazer levantar no meio da noite e preparar um prato de massa, um macarrão com verduras no meio da madrugada, não se repetiu muitas vezes, não chegou a ser uma rotina, mas foi sempre muito agradável.

Desagradável no meio da noite era o telefone, as ligações do escritório, elas também não foram muitas, não chegaram a ser uma rotina, mas foram sempre muito desagradáveis.

Uma ligação do escritório no meio da noite significava que o assunto seria resolvido por telefone ou que era necessário ir para o escritório, nos dois casos um incômodo grande, maior no segundo, dirigir até o escritório à noite não me agradava.

Mas ser acordado pelo escritório porque uma operação acabou de ser resolvida com sucesso era um sonho bom para qualquer noite.

Me virei lentamente na cama para não olhar para o relógio na mesa-de-cabeceira, porque quando saber as horas é muito importante, melhor não saber, importante porque estando o sono atrasado ao conhecer as horas eu saberia também quanto de falta de sono iria perturbar o meu trabalho no dia seguinte, melhor não saber as horas.

Quando saber as horas é muito importante, melhor não saber, eu acabava de agendar um tema para a próxima noite de vinho com a minha mulher, assim que ela voltasse daquela viagem da qual, eu tinha certeza, ela chegaria com alguns bons vinhos.

Eu nunca havia trabalhado numa operação com vinhos, ou uvas, mas o escritório estava habilitado para revelar qualquer novidade antes do lançamento da safra, e me agradaria muito trabalhar com vinhos, só não sabia se conseguiria deixar de contar detalhes para a minha mulher.

No escritório conheciam o nosso gosto por vinhos, poderia presumir que não me escalariam para uma operação com vinhos, portanto talvez o escritório tenha tido uma operação com vinhos e eu não fui, por segurança, nem ao menos informado.

Não houve vinho, mas trabalhei arduamente numa operação sobre cervejas, o alvo era a marca que cogitava uma pequena alteração no sabor, o cliente pretendia armar-se para enfrentar a mudança, a operação nos exigiu um trabalho intenso, durante a operação com cervejas eu cruzei algumas noites sem chance de dormir.

O alvo era muito cuidadoso, criou um sistema de segurança que nos surpreendeu, nunca havíamos encontrado algo como aquilo, enquanto o cliente pressionava e não nos deixava dormir.

A operação acabou descobrindo um furo na segurança do alvo, a atitude que tomamos era uma que costumávamos evitar por ser perigosa, poderia transformar-se numa armadilha e gerar um escândalo, comprometendo o escritório e o cliente, mas daquela vez funcionou muito bem, tudo foi resolvido pelo bom e velho suborno.

Eu não tinha liberdade para contar a história das cervejas e do suborno para a minha mulher, se pudesse teríamos conversado à noite durante o vinho e eu citaria a peça de Gogol, o suborno num país civilizado obedece a certas regras.

Frases costumavam me aparecer antes de dormir, eu levava tempo até pegar no sono, sempre foi assim, mas não era dificuldade para dormir, era necessidade de cumprir um tanto de reflexões aproveitando a serenidade do deitar-se para dormir.

O relógio na mesa-de-cabeceira marcava o tempo das minhas reflexões independentemente da minha vontade, quantas vezes as minhas reflexões foram sobre o tempo e a minha vontade, o que a minha mulher, se soubesse, teria chamado de coisa boba demais.

As reflexões antes de dormir serviram de agenda para as conversas com a minha mulher à noite durante o vinho, mas não todas, algumas eu eliminei por não ver necessidade de ouvir dela aquilo que eu já previa que ela diria, coisa boba demais.

O trabalho no escritório também ocupava aquele tempo de reflexão, aconteceu na operação do analgésico, eu estava deitado, recordava resultados esportivos, eu nunca pensava em quem perdeu, mas naquela noite imaginei a dor de cabeça do derrotado, então pensei na operação do analgésico, a ideia de utilizar um hacker apareceu ali.

O escritório escalou hackers em várias operações, nada diferente do uso de arrombadores, arrombadores e hackers, a mesma coisa, subornadores, hackers e arrombadores, a mesma coisa.

A minha mulher desconhecia detalhes do meu trabalho, mas o que eu sabia do trabalho dela?, eu sabia, ou presumia, que ela voltaria daquela viagem com alguns bons vinhos, o que era óbvio considerando a fama dos vinhos do país onde ela estava naquela ocasião tratando de importações ou exportações, um dos negócios ou ambos ou mais alguma coisa que eu desconhecia.

Eu não tinha ciúmes do trabalho da minha mulher e ela não tinha ciúmes do meu, nunca conversei sobre ciúmes com ela à noite durante o vinho porque fui surpreendido pela conclusão de que quanto mais se desconhece mais distante fica o ciúme, não conversei porque não queria que ela chamasse aquilo de coisa boba demais.

Eu achava que um dia a minha mulher classificaria algo pensado por mim como extraordinariamente bobo, não, eu não achava, eu tinha certeza.

Me virei na cama quando o relógio na mesa-de-cabeceira anunciou a hora de levantar, o ruído do despertador pareceu zombaria.

HOTEL

Enquanto eu me ajeitava no avião, esperando o meu vizinho de poltrona acomodar a bagagem de mão, ia revendo a cena entre a porta de casa e a porta do elevador, a minha mulher voltando, abrindo a porta do elevador para chegar em casa, surpreendida por me ver diante da porta do elevador segurando a mala, eu expliquei que a operação em andamento exigiu a minha viagem, ela me contou que estava trazendo doze garrafas de vinho.

Vinho para uma noite conversando com a minha mulher sobre a semelhança entre avião e elevador, eu conseguiria falar sobre o assunto durante pelo menos uma garrafa, e ainda melhor se fosse o vinho que ela acabara de trazer, a procedência daquele vinho era garantia de qualidade, caso a minha mulher realmente esteve lá, porque falar o nome de um país era uma coisa, ter viajado para aquele país era outra, mas nada que fosse problema, ser um nome ou outro não tinha importância, o que era o nome de um país?

Eu nunca tinha certeza sobre detalhes do trabalho dela, como ela nunca tinha certeza de detalhes do meu trabalho, éramos felizes, portanto.

Eu tinha medo de falar sobre as semelhanças com elevador, cama com elevador, avião com elevador, eu tinha medo de deixar escapar que a vida era um elevador e a minha mulher engasgar no vinho quando tentava chamar aquilo de extraordinariamente bobo.

A viagem não era longa, há daquelas que mesmo sem sair do país parecem internacionais, mas a viagem daquele dia durava apenas duas horas e meia, duas horas e meia foi o tempo que dormi, porque assim que o avião decolou eu peguei num sonho profundo que, se houve uma refeição durante a viagem, não percebi, também não percebi se tentaram me acordar para oferecer comida e bebida.

Acordei com o soco do avião tocando no solo, eu me sentia como se tivesse tido uma longa noite de sono bom, sem sonhos, sem socos, e acordado pela absoluta falta de sono.

Voltei a pensar em avião quando estava no elevador do hotel, toda a história novamente.

O apartamento do hotel era muito maior do que o necessário, mas havia uma explicação, a operação poderia exigir mais gente, pessoal que seria acomodado discretamente, sem o conhecimento do hotel, operadores cuja presença na cidade não deveria ser visível, muito menos assinar ficha no hotel.

O escritório sempre procurou evitar certas coisas, como por exemplo dar nome falso no hotel, preferia que os operadores cometessem outra ilegalidade, hospedar-se no hotel sem que o hotel soubesse, era uma ilegalidade menor do que nome falso, diziam os nossos superiores.

Eu havia escolhido um nome falso para mim, caso a orientação do escritório mudasse, nunca mudou e acabei esquecendo o nome.

Entrei no chuveiro, o telefone celular ficou sobre a pia do banheiro, eu tinha certeza que ele tocaria durante o banho, não tocou.

Pedi o jantar no apartamento, macarrão com frango prensado e tomates, liguei o televisor, escolhi um filme, me lembrei de outro, um que não vi.

Homens e mulheres sentados em volta da mesa de jantar, uma das paredes era o pano de boca do palco, o pano abriu, a plateia do teatro estava lotada, eu não havia visto o filme, alguém me falou dele, a minha mulher ou no escritório, um dia alguém me falou daquele filme.

Eu podia dormir sem depender de despertador, quando houvesse necessidade do meu trabalho eu seria chamado pelo telefone celular, ele ficou na mesa-de-cabeceira ao lado do relógio, virei os números do relógio para a parede, eu não tinha sono, eu havia dormido no avião.

Tentei me lembrar do número do telefone celular que o escritório me entregou para aquela viagem, eu não tinha necessidade de saber o número, ninguém me perguntaria e eu não teria motivo para dar o número para alguém, todos que poderiam telefonar para mim conheciam o número, mas eu havia visto o número quando me entregaram o telefone, buscar o número na lembrança era o meu jeito de chamar o sono.

Olhei para o telefone, nenhuma chamada registrada, tive medo de não ter ouvido o telefone tocar, virei os números do relógio na minha direção, era perto de meio-dia, eu não me lembrava do número do meu telefone, mas me lembrava do jantar, do filme e da tentativa de pegar no sono.

Sair para almoçar, pensei seriamente em cometer a irregularidade, o meu posto na operação era no apartamento do hotel, mas eu gostaria de caminhar um pouco, não no corredor do hotel, tive vontade de ir para a rua, afinal de contas eu estava numa cidade que não era a minha, me perturbou a tentação de fazer turismo, pedi macarrão e almocei no apartamento do hotel, eu era um profissional sério.

O sistema de trabalho do escritório sempre foi rigoroso, nós tínhamos a obrigação de registrar no relatório também o que passou pela cabeça, mesmo que tenha sido apenas passar pela cabeça, portanto eu deveria escrever no relatório que havia sido tentado a sair para almoçar, bastava uma frase, eu escreveria aquilo, sim, eu era um profissional sério, mas mesmo os profissionais sérios corriam o risco de esquecer algum detalhe na hora de escrever o relatório.

Coisa boba demais, a minha mulher diria sobre a minha preocupação em ser um profissional sério, ou então ela diria que eu era efetivamente um profissional sério, bobo ou sério?, como a minha mulher classificaria o meu desempenho profissional?, bobo pelas preocupações em ser sério, sério porque eu tinha um comportamento profissional adequado, não, eu nunca saberia a opinião dela porque ela não podia conhecer os detalhes da minha profissão, logo ela não tinha como avaliar, logo pensar naquilo era coisa boba demais.

O telefone celular tocou.

O elevador, quando eu descia para deixar o hotel, parecia uma cela ao comparar com o tamanho do apartamento, onde eu havia passado horas inúteis, mas aquele trabalho era assim mesmo, horas inúteis esperando ser úteis.

Estávamos apenas eu e o ascensorista no elevador, ele me disse que o tempo estava fechado, a chuva se formando, a temperatura iria cair e ele acreditava que à noite seria necessário um cobertor.

Havia uma chuva fina quando o avião decolou, eu não tinha vizinho, me acomodei com a cabeça na minha poltrona e as pernas na direção da poltrona vizinha, não dormi, havia dormido bastante nas últimas horas, nas horas inúteis esperando ser úteis.

A operação foi resolvida sem necessidade da minha participação, fiquei sabendo pelo telefone celular no hotel que eu entraria na equipe apenas em caso de emergência, não houve emergência, o alvo gentilmente cometeu uma indiscrição e revelou o que o nosso cliente queria saber, a alteração na percentagem de limão no refrigerante.

Quando cheguei em casa a minha mulher estava dormindo, evitei ruídos, comi um sanduíche frio, me senti cansado, eu não entendi o motivo para me sentir cansado, larguei o corpo no sofá diante do televisor desligado, eu estava cansado.

Não havia motivo para estar cansado, pensei que a viagem inútil, sem exigir qualquer trabalho, me cansou mais do que se tivesse entrado na operação, estava cansado pela frustração de não ter trabalhado, eu era aquele sujeito, encerrei o assunto cansaço porque sabia que eu era aquele sujeito que sofria exaustão quando não trabalhava.

Levantei do sofá e caminhei na direção do banheiro, mudei de rumo e fui para a cozinha, comi outro sanduíche frio, bebi um copo de suco de pêssego, fui para o banheiro, escovei os dentes, mijei enquanto adiava o banho de chuveiro, de manhã não estaria mais tão cansado, fui para o quarto, deitei cuidadosamente para não interromper o sono da minha mulher.

ESPORTES

A minha sala no escritório não era grande, mas muito maior do que eu necessitava, no passado havia sido ocupada por três funcionários, fui promovido e tive a sala somente para mim, e se antes havia dois colegas todos os dias, depois passei a encontrar um e outro de vez em quando no elevador ou corredor.

Um deles nem mais no elevador ou corredor, porque numa operação, onde o alvo preparava o lançamento de um desodorante masculino, o meu antigo colega de sala vendeu a revelação para um concorrente do nosso cliente.

O escritório entrou em crise, no primeiro momento imaginou-se que havia um escritório concorrente tão competente quanto o nosso, mas a crise sumiu quando foi descoberta a ação do funcionário.

Não fiquei sabendo como pegaram o meu ex-colega de sala, mas segundo os boatos ele não teve paciência e fez algumas compras para as quais ele não teria dinheiro, sobre o paradeiro do meu ex-colega depois de descoberto não existia nem boato.

Foi pensando na derrota do meu ex-colega que ao ligar o computador adiei por alguns minutos o início do trabalho, decidi ler os resultados esportivos, aquela era também uma boa maneira de iniciar o dia, ler o nome dos vencedores.

Uma forma de vencer era trabalhar com os advogados, o escritório tinha muitos, havia um diretor que costumava dizer que nós estávamos vivos graças aos advogados, e dava em seguida sempre a mesma gargalhada.

Algumas vezes o diretor, após a gargalhada, fazia um comentário, sempre o mesmo, dizia que estávamos vivos graças aos advogados e não porque no país não havia pena de morte, se soubessem o que fazíamos haveria pena de morte graças a nós, e dava outra gargalhada, um pouco mais curta que a anterior.

Eu ouvi o diretor falar muitas vezes sobre advogados e a respeito de estar vivo, eu pensava que a repetição era uma forma de nos alertar para cuidados que deveríamos ter nas nossas funções, mas eu acabava mesmo era pensando em outra coisa, que se havia advogados é porque poderia haver polícia.

Se nunca houve polícia era porque havia advogados, eu pensava em seguida, mas sem gargalhada após os meus pensamentos, e sem cogitar a hipótese de falar aquilo em voz alta, o mesmo valia para outro pensamento, que não haveria polícia se ela se baseasse naquilo que sugeria a logomarca do escritório.

Eu lia os resultados esportivos refletindo sobre as regras que levavam uma competição a ter vencedores e perdedores, por trás dos resultados esportivos havia uma lei, que era cumprida por vencedores e perdedores, e talvez os perdedores pensassem que perderam porque cumpriram a lei.

O meu trabalho não era um jogo, numa competição, eu costumava pensar, havia dois lados e um sabia do outro, no meu trabalho havia dois lados, mas um deles desconhecia o outro, portanto era impossível que os dois lados cumprissem as mesmas regras, a mesma lei.

Pena que eu não poderia conversar sobre regras e leis com a minha mulher à noite durante o vinho, pena.

Eu imaginei na minha vida a polícia de duas maneiras, quando criança a polícia eram os homens fardados, quando adulto a polícia não usava farda, eu precisava saber se aquele era um assunto que levaria a pensar no meu trabalho porque, se fosse, não poderia conversar sobre ele com a minha mulher à noite durante o vinho.

Quando criança não imaginava advogados, quando adulto passei a conviver com eles no escritório, se a convivência com os advogados tivesse ocorrido na infância eu não saberia falar da diferença de imagem que eu tinha da polícia na infância e na idade adulta, se conhecesse advogados desde a infância teria outra ideia sobre a polícia, não estava muito seguro do raciocínio, mas registrei claramente que concordava com a minha própria opinião de que se conhecesse advogados desde a infância teria outra ideia sobre a polícia.

Pensava em polícia e advogados e também em ausências, algumas costumeiras ausências em meus pensamentos, por ser ausências eu imediatamente eliminava, elas continuavam sendo ausências, eu mesmo chamava aquilo de coisa boba demais, porém me sentia um vitorioso cada vez que mantinha as ausências onde eu achava que elas deveriam ficar.

Naquele instante o assunto ausência foi provocado por polícia e advogados, houve ocasião em que a causa eram os resultados esportivos ou a safra do vinho ou uma operação do escritório que deu prazer acima da média, pensava nas ausências a partir de várias situações, mas não importava qual a situação, eu era sempre um vitorioso, as ausências permaneciam ausências.

Eu nunca ouvi a palavra justiça ser pronunciada no escritório, ouvi as palavras advogado e polícia muitas vezes, e em algumas poucas ocasiões ouvi a palavra lei, não me lembrava de ter ouvido a palavra processo, mas advogado e polícia eram palavras de quase todo dia.

As palavras muito usadas continuavam muito usadas, as pouco usadas permaneciam pouco usadas e as ausentes se mantinham ausentes, aquela era a forma de normalidade que nós queríamos no cotidiano do nosso trabalho.

Pensar naquilo era uma boa maneira de começar o dia, principalmente se ao mesmo tempo estivesse conferindo resultados esportivos, aquele estava sendo um bom início de dia, e se transformou numa extraordinária manhã quando li o resultado da partida de basquete.

Dos dois colegas com quem dividi a sala antes da minha promoção, de um nós não sabíamos o paradeiro depois de descoberto o negócio paralelo dele, mas o outro nós sabíamos onde estava, ele participou de um jogo e venceu, ele também tinha uma sala só para ele, eu me lembrei da vitória dele quando li o resultado da partida de basquete, porque pensei em quantos perderam para que ele ganhasse.

O meu ex-colega de sala promovido se baseou no meu ex-colega de sala caído em desgraça, não, ele não fez a mesma coisa, mas mirou-se no espelho, agiu ao contrário, suspeitou de algo numa operação e investigou.

Descobriu que três colegas de equipe estavam realizando um negócio paralelo, poderia ter exigido participação, optou pela denúncia, no fim do episódio, quando ele entrou no escritório na manhã seguinte, todos nós estamos de pé à espera dele para aplaudi-lo.

Quando eu fui promovido não houve aplausos.

Continuei encontrando o promovido ex-colega de sala no corredor e no elevador, o escritório nunca me escalou para trabalhar com ele, preocupações a menos.

Não tive notícia de outros problemas como aqueles casos de negócios paralelos, corriam em algumas épocas boatos a respeito de processos, mas nós nunca nos incomodamos, processos eram assunto para os advogados, a garantia do emprego deles.

Eu tinha curiosidade em saber dos processos porque eles poderiam estar ligados a alguma operação em que estive envolvido, e até por ser um profissional sério eu me perguntava se entre as causas do processo haveria algo provocado por mim, conhecer para não repetir na próxima operação.

Eu lia na tela do computador os resultados esportivos e recordava, e me preocupava com a memória, quando se recorda é porque o tempo passou, ela me dizia, mas a memória é confiável?, eu colocava em dúvida a minha fidelidade ao acontecido, eu não tinha a memória de Irineu Funes, mas continuava recordando, eu não era um memorioso trágico, minha mulher à noite durante o vinho diria que eu era um memorioso cômico.

Eu li tragédia no resultado do basquete, o placar fez a minha manhã ser muito melhor, uma tragédia melhorando o início do dia, coisa boba demais, eu ouviria à noite durante o vinho, mas era uma boa tragédia porque mirada do ponto de vista de quem a causou.

O jogo de basquete havia terminado 90 a 89, a dor de ter feito 89 pontos não importava, os mortos estavam mortos, que vivesse quem fez 90 pontos.

GRIPE

Memorioso cômico e sem muita certeza de como foi que realmente aconteceu, eu tinha um tema para as minhas reflexões, iria muito longe com o tema da confiança na memória, havia assunto para várias semanas, nos elevadores, no escritório, em casa, no carro, à noite durante o vinho, a confiança na memória.

Uma correção já no primeiro movimento das reflexões, a desconfiança na memória, desconfiança fazia mais sentido nos pensamentos de um memorioso cômico, pensou o memorioso cômico.

Para uma operação de campo era reunido na memória um volume grande de informações necessárias para o trabalho, e que não poderiam aparecer escritas ou gravadas, as palavras tinham um único lugar, a memória do funcionário.

Nunca me ocorreu numa operação de campo ser traído pela memória, eu tinha confiança absoluta, a desconfiança apareceu na hora de contar, me perturbou algum tempo, até que decidi, desconfiança na memória era muito pouco diante da minha necessidade de contar.

Deixei bem claro para mim mesmo que desconfiança na memória era algo absolutamente diferente de mentira.

A palavra mentira foi muito usada no escritório durante a operação dos televisores, revelamos as alterações do novo modelo, do desenho externo a mudanças internas, mas o produto não saiu conforme o que revelamos ao cliente, ou porque o alvo percebeu os nossos movimentos ou porque, como acusou o cliente, mentimos.

A hipótese de uma mentira abalaria o nosso escritório, a palavra mentira foi pronunciada com o verbo quebrar e com o substantivo desemprego em frases fechadas por palavrões.

Um dia o cliente deixou de nos chamar de mentirosos, eu não sabia como os diretores do escritório resolveram o problema.

Eu não sabia como os diretores do escritório resolveram o problema ou eu esqueci de como os diretores do escritório resolveram o problema?, aquela interrogação costumava aparecer, eu não sabia ou eu esqueci?, mas nunca me perturbei com aquilo porque eu me lembrava que não saber e esquecer eram a mesma coisa.

Quase sempre, depois da interrogação e da afirmação, vinha outra interrogação, aquela de esquecer a própria identidade, esquecer ou não ter, tanto fazia, eram a mesma coisa, então esquecer quem era remetia à ideia de assumir a identidade de outro.

Havia um filme, areia e muitas casas brancas, o diretor chamava-se Michelangelo, um homem encontrava os documentos de outro e colocava no bolso, colocava na identidade, um americano chamado Jack Nicholson, claro que não, aquele era o nome do ator, o nome do personagem eu não sabia ou esqueci.

Eu me imaginava trocando de identidade, passando a ter outro nome e procurando agir como o outro, e se não soubesse como era o outro?, melhor, eu inventaria o outro.

Se eu inventasse o outro, eu não precisaria tomar o nome de outro, eu inventaria também o nome, e pensaria se o outro teria ou não o hábito de à noite beber vinho com a mulher, e se o outro contaria para a mulher que estava pensando em inventar uma identidade.

No escritório, em certas operações, alguns funcionários não usavam o próprio nome, o que nunca aconteceu comigo, mas seria uma forma de sentir se a minha ideia de trocar de identidade valia para alguma coisa.

Sim, não usavam o próprio nome, no escritório dizia-se não usar o próprio nome, não se pronunciava nome falso, era uma regra no escritório, uma lei, eu pensava, e cumpria, outra lei era sempre usar o nome verdadeiro nos hotéis, as fichas dos hotéis eram muito perigosas.

Se alguma vez tivessem me escalado para uma operação onde não se usava o próprio nome, eu tinha certeza de que nunca esqueceria o nome que não era o meu, que a minha memória saberia conviver com os meus dois nomes.

Eu sabia conviver com determinadas situações que para os outros eram um problema, um grande problema, um problema cruel, os outros sofriam onde eu me divertia, porque a possibilidade por exemplo de conviver com duas identidades eu chamava de pura diversão.

Eu sofria um pouco com os relógios, mas não chegava a ser cruel, eles sempre tiveram influência na minha vida, eu era um profissional sério, um tipo de gente para quem o relógio funcionava como arma para manter a palavra sério no currículo.

O ato de afastar a manga do paletó para ver as horas no pulso, e enxergar que o relógio parou, eu estava na operação que revelou o rumo de uma empresa de jogos digitais, o cliente ficou muito satisfeito com o resultado, o alvo desapareceu do mercado, eu estava trabalhando na operação quando afastei a manga do paletó para ver as horas no pulso, o relógio tinha parado, mas havia um relógio na parede exatamente na minha frente, sorte, então por causa da sorte eu podia dizer que não era cruel o que eu sofria com relógios.

Aquele momento na operação dos jogos digitais me incomodou um pouco além da conta por culpa da minha imaginação, eu revi a cena inteira e ela me retornou modificada, eu afastava a manga do paletó para ver as horas no pulso, havia um relógio na parede exatamente na minha frente, nenhum deles tinha parado, mas apresentavam horas diferentes, foi um pouco sofrido, não chegou a ser cruel.

Nunca comentei a história do relógio nem a história da minha imaginação com a minha mulher, ela daria um gole no vinho e chamaria aquilo de razoavelmente bobo.

Se um dia contasse uma história de relógio, a minha preferência era outra, o personagem da minha história afastava a manga do paletó para ver as horas no pulso, não havia relógio no pulso, se acontecesse comigo durante uma operação seria cruel, sem o apoio da contagem do tempo cresceriam as possibilidades de erro na minha profissão, mas a ausência de relógio era somente imaginação.

Errar na minha profissão seria cruel, eu era um profissional sério, não havia o registro de erros no meu currículo, mas convivi com erros, e não foram poucas vezes, o meu ex-colega de sala errou quando realizou uma negociação pessoal após uma operação, voltou a errar quando demonstrou uma riqueza que ele não teria, pagou pelos dois erros, eu não sabia quanto ele pagou porque desconhecia onde ele foi parar depois da revelação do segundo erro, mas alguma coisa eu achava que ele pagou.

O erro na operação que revelou novidades na indústria de material esportivo passou a ser o exemplo mais forte no treinamento dado pelo escritório, principiantes mergulhavam no assunto, veteranos repassaram o erro, e os diretores tiveram que retornar ao treinamento depois do episódio, que nós chamávamos de big erro.

O big erro foi muito pequeno.

Um funcionário que trabalhou na operação do material esportivo contou para o filho que logo ele ganharia a bola mais bonita que qualquer bola que ele conhecia ou tenha imaginado, o garoto contou para os amigos na escola, o acaso fez o resto.

No escritório havia uma regra, erro remetia a castigo, o funcionário foi demitido, os advogados cuidaram para que ele não carregasse na caixa de papelão algo que pudesse causar problemas para o escritório, eu desconhecia como os advogados trataram aquilo que o funcionário gravara na memória, mas eu pensava que, palavra contra palavra, o funcionário levaria a pior diante dos advogados e do trabalho deles no lado oculto do processo, método que já havia protegido o escritório tantas vezes, segundo o que se falava não muito abertamente.

O erro, como o pecado, remetia a castigo ou, segundo a minha mulher à noite durante o vinho, erro e pecado eram sinônimos, e eu pensei que erro e pecado eram sinônimos da mesma maneira que desconhecer e esquecer, mas eu não tinha muita certeza se fora mesmo a minha mulher quem falou aquilo de erro e pecado ou havia sido coisa minha.

Eu trazia da infância as palavras erro e pecado como iguais, só variava o castigo, nem sempre cruel, às vezes cruel, então eu me lembrei que certa vez na infância tive uma gripe muito forte e fui informado de que se tratava de castigo por um erro que eu havia cometido, sem que os meus acusadores soubessem nomear o erro, mas que eu sabia o que havia feito e pagava.

Pensei na gripe da infância, poderia ter previsto que aconteceria, eu não havia ido para o escritório, estava em casa, recolhido por causa de uma gripe forte, mas não me lembrava de ter cometido qualquer pecado que explicasse a punição.

O profissional que não errou, dizia o meu currículo no escritório, portanto a gripe não passava de gripe, não era punição, ri quando pensei na hipótese de uma descida ao inferno que não passava de descida ao inferno, que não era punição, apenas uma descida ao inferno, só não gargalhei porque a gripe me impediu.

Eu estava em casa com a recomendação de medicamentos e repouso, aquilo me provocava, tinha toda a aparência de punição, ao contrário das punições da infância, quando eu pagava por algo que eu conhecia, mas na minha infância os meus advogados de acusação não.

Preso em casa com gripe, estava sendo punido por algo que eu desconhecia, mas os advogados de acusação da minha idade adulta sabiam, e não me contavam, ri novamente, eu estava fazendo reflexões que cabiam perfeitamente no perfil de um memorioso cômico.

A minha mulher fazia uma viagem de quinze dias, talvez vinte, ou doze, nenhuma precisão, preciso mesmo somente que não viveríamos juntos um único dia da minha gripe.

Me ligou no meio do trabalho, falou comigo na língua do país onde ela participava de uma reunião, que ela interrompeu para saber da minha gripe, falamos durante uns dois minutos, ela não percebeu que não conversamos na nossa língua, eu não disse nada sobre línguas, nos despedimos, e eu decidi um dia sutilmente à noite durante o vinho começar a falar naquela língua para sentir o estranhamento dela.

Ela falava muitas línguas, eu dizia sete, ela me corrigia, oito, as línguas eram uma necessidade dela para trabalhar, para viajar, dormir em hotel, comer em aviões, esperar em aeroportos, para passar um dia inteiro numa reunião falando numa língua que não era a dela.

Na profissão da minha mulher havia uma língua que resolvia problemas porque muitos a conheciam, mas saber outras dava prestígio, permitia gentilezas em reuniões onde algumas pessoas gostavam de falar na própria língua e não no idioma comum a muitos, mas alheio.

Eu não precisava de muitas línguas no meu trabalho, uma além da minha era suficiente, e necessária, aquela língua alheia que muitos conheciam no trabalho da minha mulher serviu algumas vezes no meu trabalho, porque também para nós no escritório ela era a língua alheia conhecida por muitos.

Eu falava, além da língua alheia preferida dos profissionais, mais uma, alheia e inútil, seria a língua para gentilezas, portanto eu tinha uma língua sobrando, pois no meu trabalho não existiam gentilezas.

Com uma língua sobrando, pensei em fazer um exercício com ela, deitado na cama, respirando com dificuldade por causa da gripe, pensei em fazer um exercício com a língua que eu tinha de sobra, pensei se conseguiria sem sair da cama descrever o apartamento inteiro usando a língua que me sobrava.

Mas me deu preguiça, eu preferi dormir.

Eu não sabia quanto tempo havia dormido, não adiantou olhar para o relógio na mesa-de-cabeceira, mas percebi que a minha respiração depois do sono ficou mais fácil, a hora marcada pelo relógio não me significava nada, mas a respiração era uma boa notícia.

O castigo estava sendo cumprido, a punição chegava ao fim porque a respiração havia melhorado, o erro eu não sabia qual havia sido, se houve pecado eu não percebi, mas sentia claramente que estava cumprindo uma pena, na cama com gripe eu estava sendo punido, segui ainda durante algum tempo reunindo aquelas reflexões na memória para que eu tivesse um assunto à noite bebendo vinho com a minha mulher, um assunto para ela me chamar de memorioso cômico.

O memorioso cômico estava deitado na cama com gripe, e com febre porque pagava por uma falta muito grave, falta merecedora de febre alta, mas apesar de memorioso ele não recordava que falta havia sido, caso de quem comete falta por não saber que aquilo era uma falta, mas eu não tinha certeza se o memorioso cômico no momento daquelas reflexões tinha febre.

Provocaria risos se eu falasse com a minha mulher sobre os pensamentos que tive durante a gripe, a minha mulher fazia um riso muito bonito, que não era como certos risos que eu conhecia, risos muito próximos de gritos.

Sozinho na cama, me lembrando do riso bonito da minha mulher, ela estava no meio de uma viagem, eu queria mesmo é que ela estivesse ali comigo, repetindo certa vez, quando ela falou me come e fez um riso bonito.

A cena do filme passou rapidamente, o homem e a mulher deitados, ele despiu a mulher, ela usava um cinto de castidade, a mulher e o fantoche, era o que eles eram.

Pessoas na cama, como na operação da construtora de prédios de apartamentos, o escritório revelou para o cliente segredos do alvo porque foram feitas fotografias de umas pessoas na cama.

Ser fotografado sozinho na cama, o que os funcionários do escritório fariam com a fotografia?, eu não sabia o que fazer, pensava que a fotografia de alguém sozinho na cama não tinha qualquer utilidade para uma operação do escritório, não acreditava ser possível cometer sozinho algo que causasse culpa, culpa do tamanho das culpas que nós precisávamos para trabalhar eficientemente no escritório.

Eu e minha mulher, certa noite, derrubamos vinho na cama.

Estar sozinho costumava levar a minha imaginação para um pouco adiante, durante a gripe, deitado na cama, imaginei que poderia receber uma visita, o aviso do porteiro do prédio, a campainha do apartamento, não, não imaginei uma visita daquele jeito, eu ouviria os passos no corredor e a batida na porta do apartamento com os nós dos dedos.

Eu gritaria da cama alguma frase, que eu estava gripado, com febre alta, não poderia caminhar até a porta, ela estava trancada porque eu cumpria uma punição, pediria que a pessoa que chegou com passos fortes pelo corredor voltasse outro dia, porque naquele dia nada era mais urgente do que repousar para pagar uma culpa, que eu não sabia qual era.

Mas poderia ouvir passos no corredor e identificar imediatamente, conhecia aquela maneira de andar, era a minha mulher, a viagem durou menos que o previsto, imaginei que a minha mulher voltava, a ideia era melhor do que a anterior, mas não passava de ideia, eu estava sozinho, mas não infeliz porque, como disse o culpado cômico, eu repousava para pagar uma culpa.

Ruídos que eu não conseguiria identificar, era também algo que poderia acontecer na cama com gripe, ouvir ruídos quando eu estava sozinho, fui pensando, não precisava da gripe para imaginar que ouvia ruídos, mas a questão dos ruídos que não identificava a origem não foi longe, fui pensando em outra direção porque me veio rapidamente a ideia de um ruído absolutamente identificável, o canto do galo.

Nos últimos anos eu só ouvia o canto do galo em livros, não me lembrava de ter ouvido em algum filme, mas tinha certeza de ter lido o canto do galo, não apenas uma vez, porém sem recordar onde, até que chegou uma ausência total de dúvida, havia canto de galo num disco dos Beatles.

Eu poderia levantar, ir até a sala, procurar o disco dos Beatles, me deitar novamente e, estando na cama em repouso por causa de uma gripe muito forte, ouvir o canto do galo.

Me levantei, exigiu esforço, havia debilidade, me ergui da cama com a dificuldade causada pela gripe ou pelo tempo que passei deitado, eu estava desacostumado a ficar ereto, a andar, mas precisava ir ao banheiro, mijar era a urgência que me levou a vencer a fraqueza.

A debilidade acabou assim que me fixei de pé ao lado da cama, caminhei até o banheiro com segurança, não tive uma plateia para dizer se o meu caminhar era regular, mas fiquei com a impressão de ter seguido firme em linha reta, de ter feito as curvas de maneira correta.

O grande teste foi no banheiro, de pé diante do vaso, a pontaria, levei tão a sério que depois de dar a descarga conferi em torno do vaso se havia algum líquido esparramado, havia.

Voltei para o quarto e para a cama, no meio do caminho, quando passei pela sala, virei a ampulheta.

PRESSA

Nós tínhamos uma ampulheta na sala, minha mulher comprou em algum país que visitou a trabalho, mas não era comum que ela trouxesse recordações, o trabalho dela incluía muitas viagens, se cada vez que viajasse trouxesse alguma coisa, por menor que fosse, não teríamos espaço para guardar tudo, comprava vinho nas viagens, pois vinho não ocupava espaço, ela dizia à noite bebendo vinho.

Me lembrei da ampulheta porque o trânsito estava muito lento, como areia escorrendo, regularmente, mas por um espaço muito apertado.

Além do trânsito feito areia atravessando a cintura exígua da ampulheta, o caminho de casa significava visualizar o interior dela como uma direção a ser tomada, o ponto de chegada, a ampulheta na sala.

Eu estava retornando do escritório para casa, logo estaria chegando ao prédio, onde havia um apartamento, onde havia uma sala, onde havia uma ampulheta.

A minha mulher estava em casa, ela havia me ligado, pediu desculpas por não me esperar, a primeira garrafa de vinho já estava aberta, ela me disse que estava sentindo algo novo na vida dela, decidiu que o jantar seria apenas vinho, vou comer vinho, ela me disse.

O trânsito ganhou alguma velocidade, um caminhão parado fazendo a coleta do lixo era o responsável pela lentidão, pisei um pouco mais no acelerador quando o caminhão arrancou, mas eu não tinha pressa, e naquele momento decidi que o meu norte no retorno para casa era a ampulheta, não a garrafa de vinho que já estava aberta.

O vinho passando pelo canal exíguo da garganta da minha mulher.

Eu não pretendia comer vinho naquela noite, o meu jantar já estava decidido, macarrão com carne, e depois durante o vinho conversar com a minha mulher, e antes de dormir, pela televisão ou pela internet, os resultados esportivos.

O escritório ficava longe da minha casa, eu tinha vários caminhos alternativos, procurava mudar a rota, usava uma que significava meia hora a mais, quarenta e cinco minutos a mais, porque eu via necessidade de usar caminhos diversos, havia épocas em que eu gostava de dizer minha casa.

Quando utilizava rotas mais curtas não significava ansiedade em chegar em casa, o que eu procurava era uma velocidade e um caminho que fizessem, do meu carro, areia mudando de depósito na ampulheta.

Aquela rota era a das ruas mais estreitas, portanto pouco usadas, logo caminho mais livre, exíguo, mas escorrendo permanentemente, a ampulheta não me saía da cabeça.

Eu não sabia se gostava ou não da imagem da ampulheta me acompanhando.

Tentei mudar, pensei na hipótese de fazer a pé ou de bicicleta o caminho do escritório para casa, eu não tinha ideia de quanto tempo demoraria, sabendo quantas horas gastaria, tinha certeza, eu desistiria da hipótese, portanto eu preferia não saber, maneira de continuar pensando na ousadia.

Mantive o carro numa velocidade regular, fiz um terço do caminho do escritório para a minha casa com a mesma velocidade, sem movimentar o pé no acelerador, sem pensar na troca de marcha, areia escorrendo na ampulheta.

A situação poderia ter ido mais longe não fosse um camelô na calçada, ele tinha uma mesa onde expunha óculos, ele erguia um óculos em cada mão para anunciar o produto, eu não ouvi o que ele falava, os vidros do meu carro estavam fechados, passei pelo camelô, não parei, eu não pararia para olhar a mesa de um vendedor de óculos, mas tirei o pé do acelerador.

Pisei novamente no acelerador, menos do que estivera acelerando até ali, reduzi a velocidade para pensar naquilo que chegou com a visão do camelô vendendo óculos, me veio a ideia de que eu precisaria usar óculos.

Eu não percebia qualquer problema de visão, mas ter encontrado o camelô me deu a certeza de que sentiria logo necessidade de usar óculos, vi o oftalmologista escrevendo numa folha de papel as lentes que eram necessárias para corrigir a minha visão.

Eu preferia ter encontrado um camelô vendendo relógios, a minha memória me remeteria para o passado, a coleção de relógios que não fiz, o camelô vendendo óculos me remeteu ao futuro, eu tinha algum receio de pensar no futuro, estava convencido de que pensar no futuro me causaria algum dano.

Fazer planos era o que pensar no futuro provocava em mim, no futuro cada plano frustrado seria um dano, nunca conversei sobre futuro e danos com a minha mulher, ela me chamaria de filósofo barato.

A minha mulher tinha planos para o futuro, ela havia estabelecido uma data para deixar o emprego, ela só suportava tantas viagens de trabalho porque aquilo estava com os anos contados.

Fazia parte dos planos de aposentadoria uma viagem para cada país que ela já havia visitado a trabalho, ela escolheria um bar próximo dos locais onde teve reuniões de negócios, beberia vinho durante algumas horas e depois, encerrando o roteiro do plano de vingança, passaria pelo endereço das reuniões de trabalho para mostrar a língua.

A língua tinta de vinho, dizia a minha mulher para mim, eu não tenho pressa com o futuro, dizia eu para a minha mulher.

Se um dia seria obrigado a usar óculos, eu não sabia, mas se um dia voltaria a fumar charuto, eu sabia que sim, sabia porque retornar ao tabaco era o meu único plano para o futuro, enquanto uns procuravam largar, eu buscava agarrar, um senhor Zeno às avessas.

Fumei charuto durante alguns anos, mas era um hábito irregular, tão irregular que deixei de fumar sem premeditar, sem perceber, um dia tomei conhecimento, tinha deixado de fumar charuto.

O meu projeto para o futuro era fumar um charuto semanal, rigorosamente, todos os domingos, o sétimo dia foi feito para fumar um charuto, eu dizia para a minha mulher à noite durante o vinho.

Mas estava deixando para o acaso a data do reinício das minhas lidas tabagistas, nunca conversei sobre o acaso do charuto com a minha mulher, mas ela sabia que eu pretendia voltar, ela lembraria quando viajasse a trabalho para um país onde o charuto fosse um grande produto nacional.

A volta ao charuto dependia da empresa onde a minha mulher trabalhava, que a escalasse para uma viagem ao país do charuto.

Deixei o camelô que vendia óculos para trás, à minha frente havia ainda um tanto de ruas e um elevador para chegar em casa, onde a minha mulher me esperava com uma garrafa de vinho aberta, ela decidiu que o jantar dela seria apenas vinho, vou comer vinho, ela me disse no telefone.

Eu tinha dois assuntos planejados para conversar com ela quando entrasse em casa, perguntaria se ela estava mastigando adequadamente o jantar e falaria daquilo que eu ouvi no escritório.

Um advogado muito apressado, convocado para resolver uma questão que surgiu na operação onde o alvo era uma fábrica de roupas femininas, resmungou uma frase que eu achei muito importante ter ouvido.

Estou indo inocentar um culpado.

Eu senti um arrepio quando ouvi a frase do advogado, arrepio não era algo comum na minha vida, mas marcou alguns momentos, uns poucos, sempre acompanhado pela ideia de que não me passava qualquer arrepio, eu apenas vivia uma espécie de sentimento de arrepio, como se a ausência de um arrepio obrigatório forçasse a me sentir como se tivesse tido um arrepio.

Enfim, eu havia planejado três temas para aquela noite em casa, comer vinho, o advogado apressado e os resultados esportivos antes de dormir, estava pensando nos três temas quando entrei no elevador, e pensando também que a noite já havia caído, aquela noite não era mais futuro.

ÁGUA

O mais curioso é que eu estava preocupado com o limpador do pára-brisa, chovia muito, foi numa chuva como aquela que um dia o limpador quebrou, um grande transtorno, não queria que se repetisse, então localizei a minha atenção no vaivém do limpador afastando a água do para-brisa, não enxerguei uma pequena luz vermelha no painel do carro me avisando de um problema grave, o mais curioso é que esperava que o limpador do pára-brisa quebrasse, eu praticamente tinha certeza que o limpador do para-brisa iria quebrar naquela chuva forte.

Eu havia esquecido de abastecer o carro, ele parou por falta de combustível, mas pelo menos numa rua que permitia estacionar junto à calçada, e havia vaga, aproveitei o último impulso do motor para estacionar, acionei o freio de mão e expus o meu desagrado com um resmungo.

Permaneci algum tempo dentro do carro, as costas largadas no encosto, as mãos inutilmente no volante, os pés ao lado dos pedais, e uma única ideia, usar o telefone celular para pedir socorro.

Eu não tinha um número para onde ligar pedindo a entrega de combustível, poderia ligar para o serviço de informações, ou ligar para a minha mulher, ela estava na cidade, não era uma semana de viagem, achei curioso ter pensado na minha mulher somente depois de buscar outras alternativas, aquilo talvez tenha sido o que me levou a tomar a decisão de sair do carro e pensar na saída para o problema fora dele, dentro da chuva.

Se um dia falasse sobre aquela decisão com a minha mulher, mas não pretendia, eu não saberia explicar o motivo, ela chamaria de coisa muito boba, ou pior que muito boba, que aquilo, sair para a chuva, fazia sentido nos filmes, e ela talvez falasse em Gene Kelly dentro da chuva, não, ela não diria dentro da chuva, quem falaria dentro da chuva era eu.

No primeiro contato direto com a chuva, entre o carro e a marquise, me lembrei da operação num cenário idêntico, lembranças de trabalho provocadas por situações do cotidiano provavam para mim mesmo que eu era um profissional sério.

Saí para trabalho externo, fui surpreendido pela chuva no momento em que realizava algo prosaico, vulgar mesmo, espiava pelas janelas, nem prosaico nem vulgar, era ridículo.

Eu fazia de conta que ia pelas ruas a passeio, que olhar pelas janelas para o interior de um hotel era curiosidade de turista, um turista que não tinha condições de se hospedar em hotel tão caro, que ficava satisfeito olhando pelas janelas, um turista ridículo, eu esperava que fosse aquela a classificação dada pelo funcionário da segurança do hotel que percebesse os meus movimentos, turista ridículo.

A chuva não colaborava com a minha ideia de como gostaria de ser classificado pelo serviço de segurança do hotel, debaixo da chuva e olhando pela janela eu parecia um homem em busca de refúgio, completamente molhado e trajando roupas inadequadas para o hotel, o serviço de segurança não consideraria um caso grave, mas trataria de resolvê-lo antes que causasse algum transtorno para os hóspedes.

O vidro das janelas do hotel era transparente, facilitava o meu trabalho, mas era bom também para os homens da segurança quando olhavam de dentro para fora.

Fazer de conta era parte do meu trabalho, disfarce necessário na maioria das operações, fazia de conta que era um curioso admirando a bela decoração interna do luxuoso hotel, mas o que eu vi pela janela foi um homem, que eu conhecia de fotografia e sabia o nome, a operação foi montada para revelar se era aquele o homem que tinha uma reunião no hotel, chovia muito quando identifiquei o homem, a chuva deixou o trabalho ainda mais ridículo.

O cliente pretendia descobrir por onde escoavam informações de um projeto em andamento, havia um suspeito, o cliente queria confirmar, ter certeza, eu conhecia a fotografia do suspeito, foi fácil reconhecer, revi a fotografia do homem algum tempo depois, na internet, ele era notícia.

Na calçada, entre o inútil veículo e a marquise, debaixo da chuva, fechei a porta do carro com um golpe simultâneo ao primeiro passo, foram apenas dois passos largos para chegar até a proteção da marquise, rapidez insuficiente para evitar que me molhasse.

Parei diante da porta de um bar, eu não havia percebido que era um bar, tão distraído com a chuva não percebi onde estacionei, entrei no bar deixando para trás o problema do carro sem combustível.

O bar era amplo, o balcão nos fundos, fileiras de mesas entre a porta de entrada e o balcão, olhando da entrada para os fundos, no canto à esquerda junto a uma das pontas do balcão, a dois terços de altura entre o chão e o teto, havia um televisor ligado, vi a imagem de um homem falando, me aproximei para ouvir, ele estava dando resultados esportivos.

Me acomodei numa mesa próxima ao televisor, eu disse para o garçom que pediria algo depois dos resultados esportivos, me interessei pela notícia de uma competição que não teve resultado porque a chuva forte obrigou o cancelamento.

O bar não servia refeições, inútil pensar em macarrão, pedi um sanduíche com carne e água com gás, eu não tinha fome nem sede, mas acreditei que havia um roteiro a ser seguido, ideia que entrou na minha cabeça desde que recordei a operação na janela do hotel, onde eu fazia de conta, um turista na chuva, eu fazia de conta, havia um roteiro a ser seguido.

Comi o sanduíche entre goles de água, me convenci que tinha fome e sede, o profissional sério sabia seguir o roteiro.

Senti falta de roteiro depois que terminei o sanduíche, não havia mais resultados esportivos no televisor, tentei inventar um roteiro, me lembrei da ideia de voltar a fumar charuto, não era domingo, conforme o meu plano de retorno ao tabaco, mas chovia muito e aquele tinha jeito de sétimo dia, chamei o garçom e ele me informou que o bar não vendia charuto.

Olhei para o televisor, havia uma moça falando da previsão do tempo, não dei muita atenção, entendi que a chuva continuaria, a previsão era de chuva ininterrupta pelo resto do dia, madrugada inteira e até a manhã do dia seguinte, não, sim, dei bastante atenção, não pretendia, a chuva estava tomando a minha atenção.

A chuva me fazia pensar, me lembrei das circunstâncias de algumas operações, do roteiro, de seguir a pista de alguém, ir atrás, perseguir, acompanhar sem ser visto, como nos filmes, mesmo ocultar-se atrás de um jornal aberto, já que ninguém imaginaria esconder-se de maneira tão visível, seguir alguém, algumas operações me levaram a seguir alguém, aqueles que segui nunca ficaram sabendo que foram seguidos, e sempre me mantive consciente de que nunca saberia se alguma vez fui seguido, não saber fazia parte do roteiro.

Paguei a conta e saí para a chuva, ela me fazia pensar, assim que coloquei o pé fora do bar, ouvindo a chuva mais que o ruído dos carros, vi na calçada um homem debaixo da marquise, havia uma mesa de pernas dobradas apoiada na parede externa do bar, um saco plástico volumoso largado no chão ao lado do homem, um sujeito alto e forte, uns 40 anos, cabelos ralos, barba irregular, camiseta de time de futebol, a marquise não evitava que um tanto de chuva batesse no saco plástico.

O homem não estava feliz, ele mexia a boca insistentemente, transformava o movimento em careta, o homem não estava feliz, era por causa da chuva, li a cena facilmente, o saco plástico com a mercadoria, a mesa para exposição, o camelô não podia trabalhar na chuva, o roteiro mostrava o motivo da infelicidade do camelô.

Eu poderia ter perguntado o que ele vendia, mas preferi ficar sem saber, melhor ainda, fazer um exercício observando a forma do saco plástico, tentar adivinhar o que havia dentro dele, e nunca saber com certeza, ficar na dúvida, porque a respeito de certas coisas eu preferia ficar na dúvida, as questões sem solução me agradavam, eu acreditava que certas histórias não deveriam ter fim, acreditava ou queria ou ambos, era outra dúvida.

As operações do escritório exigiam um fim, a preferência era pelo sucesso, mas admitia-se o fracasso como uma possibilidade, a operação dos programas de computador não revelou coisa alguma, mas não foi suficiente para receber o carimbo de tragédia, o escritório apenas lamentou perder o cliente.

Havia pressa em chegar ao fim em todas as operações, em algumas mais pressa, em outras menos pressa, mas sempre pressa, o cliente não tinha necessidade de pedir pressa, nós sabíamos da pressa, mas assim mesmo os clientes pediam rapidez, chegar logo ao fim, eles queriam chegar logo ao fim, acabar logo com aquilo, como se estivessem cometendo um crime e precisavam correr.

Eu não comentaria os meus pensamentos daquele dia com ninguém, no escritório ou em casa à noite durante o vinho com a minha mulher, nunca falar em pressa significando correr, mas poderia dizer aquelas palavras ao camelô, meu companheiro debaixo da marquise, ele não entenderia, a história para ele não teria fim.

Fiquei quieto olhando para a chuva, sentindo falta de felicidade no meu colega de marquise, pensei em retornar ao bar, talvez o televisor estivesse dando novas informações sobre a previsão do tempo e resultados esportivos.

Pensei também em voltar para o carro sem combustível, deitar no banco de trás e dormir, sentiria falta do travesseiro, mas eu teria conseguido dormir.

Telefonar era uma alternativa, o escritório obrigava que todos os funcionários carregassem permanentemente o telefone celular, havia deixado o meu no carro, foi um descuido, eu estava deixando de ser um profissional sério?

O escritório obrigava também que os funcionários memorizassem o número do telefone dos advogados, eu havia memorizado o telefone dos advogados, eu era um profissional sério.

Caminhar na chuva veio como ideia fascinante, quando me ocorreu que poderia caminhar na chuva classifiquei imediatamente a alternativa de fascinante, mas ao mesmo tempo sabia que a minha mulher chamaria de ideia muito boba.

Eu teria a chance de criar um drama caminhando na chuva, meus pensamentos tomariam rumos densos, pesados, insuportáveis, trágicos, eu caminharia na chuva como o personagem que pisa no palco da tragédia, mas então parei com os pensamentos porque estava me encaminhando para a tragédia mesmo sem ir para a chuva.

Emiti um sorriso discreto após a história da tragédia, olhei para o camelô, ele teria percebido o meu sorriso?, o camelô estava indo embora, consegui vê-lo carregando a mesa dobrada debaixo do braço direito e arrastado o saco plástico com a mão esquerda, eu tinha certeza que ele não estava feliz quando dobrou a esquina.

Eu nunca saberia o que vendia o camelô da chuva.

Escolhi que não deveria sair caminhando tragicamente pela chuva, dramaticamente também não, talvez comicamente, mas não tinha certeza de como era o caminhar cômico na chuva, eu continuava me achando engraçado, e daquela vez sem a ajuda das ideias da minha mulher.

A minha mulher, ela estava na cidade, não era uma semana de viagem, a minha mulher estava na cidade, seria trágico demais ignorar aquilo e não telefonar para ela?

O telefone havia ficado no carro, eu me lembrava de estar infringindo o regulamento do escritório, manter sempre o telefone muito perto, cheguei na memória o número do telefone dos advogados, eu me lembrava dele, não era caso de infração.

Em casa eu não levava o telefone celular para o quarto de dormir, talvez tenha feito uma ou outra vez, levar não era regra, ele ficava na sala, mas não havia desrespeito ao regulamento do escritório porque do quarto de dormir eu ouvia o telefone tocar, não existia porta no quarto de dormir.

Se o telefone tocasse dentro do carro eu não ouviria, duvidava que o som do telefone chegasse até mim tendo que passar pelo carro fechado e pelo ruído da chuva, eu sabia que estava infringindo o regulamento do escritório, eu tinha certeza.

Sorri quando pensei que se tivesse problemas com aquilo poderia contratar um advogado, eu sabia o telefone dos advogados.

Eu sorria com facilidade, mas não gargalhava, a minha mulher durante o vinho disse que eu deveria tentar ir além do sorriso, que gargalhasse, se não conseguisse uma gargalhada que pelo menos desse uma risada, quando ela acabou de dizer aquilo eu respondi com um sorriso, mas não foi proposital, o sorriso escapou, não dependeu de mim, escapou por conta própria.

Apoiei as costas na parede externa do bar, dobrei a perna direita para firmar o pé contra a parede, eu não iria caminhar na chuva nem entraria no carro para apanhar o telefone.

Não havia porta no quarto de dormir, talvez alguma criança sentisse medo de dormir num quarto sem porta, mas uma criança que sempre dormisse num quarto sem porta não teria medo.

Eu um dia peguei medo de grito, não sabia em que dia havia sido, mas grito me assustava, me dava medo, o medo de grito passava por mim como algumas vezes por outros motivos me ocorreram arrepios.

Raramente fui surpreendido por grito de adultos, o medo vinha do grito de criança no estacionamento, na rua, na porta do cinema, no restaurante, no elevador.

Me passou medo o grito de um adulto na operação onde o alvo era a fábrica de carnes enlatadas, trabalho de campo, seguindo funcionários da fábrica para levantar o que haviam criado para a nova linha de produtos, nada indicava a possibilidade de um grito.

Três deles estavam bebendo uísque num bar no começo da noite, eu e um parceiro do escritório estávamos vigiando os três e sentamos numa mesa ao lado deles para ouvir a conversa, conseguimos uma revelação a respeito da carne de aves, achamos uma irresponsabilidade deles falar sobre segredos da fábrica com um volume de voz tão alto, aquilo não era coisa de profissionais sérios.

Eles pediram a conta e nós começamos também a encerrar aquela parte do trabalho, eu fui ao banheiro, lavei as mãos e o rosto, mijei, lavei as mãos e quando abri a porta estava entrando o sujeito que falou alto demais sobre carne de aves.

Eu me assustei quando vi o homem na minha frente, a ideia de ter sido flagrado me causou o susto, mas o homem da fábrica de carnes enlatadas não esperava encontrar alguém saindo e, da mesma maneira como falava alto demais, gritou de susto ao me ver onde não esperava encontrar alguém.

O medo que passou por mim eu chamei de muito grande, efeito compreensível, o grito foi dado pelo alvo da operação, não era uma lanchonete cheia de crianças, eu trabalhava numa operação, eu estava trabalhando, e o grito foi do alvo.

Não registrei se ele disse alguma coisa depois do grito, eu acreditava que ele pediu desculpas e sorriu, do sorriso eu me lembrava, mas eu não disse palavra, retornei rapidamente para a mesa, quase correndo, o meu parceiro já estava de pé me esperando, não contei para ele, ele desconhecia que eu tinha medo de grito, ninguém sabia que eu tinha medo de grito.

Ninguém sabia que eu tinha medo de grito, mas suspeitava que deixei escapar durante as conversas com a minha mulher bebendo vinho, se fosse o caso, culpa do vinho.

Mas o medo de grito não era um problema muito grande, outra coisa me incomodava mais, eu costumava confundir gargalhada com grito, sentir medo ao ouvir uma gargalhada, aquilo sim era um problema, mas eu não tinha certeza do tamanho do problema.

Não aconteceu muitas vezes, mas as poucas ocorrências me alarmaram, sentir numa gargalhada o mesmo que sentia num grito era alarmante, ou não, eu não tinha certeza do tamanho do problema.

O alarme deu sinal quando senti medo ao ouvir a gargalhada do mecânico, eu retirava o carro do conserto, pagava com o cartão de crédito, ouvi a gargalhada às minhas costas, me virei com susto e medo, era um mecânico que acabara de ouvir uma piada, o contador da anedota fazia os últimos gestos quando o mecânico já gargalhava, e eu descobri que às vezes confundia gargalhada com grito.

Eu pensava em susto e medo olhando para a chuva caindo sobre o meu carro estacionado à minha frente, eu havia apoiado as costas na parede externa do bar, dobrado a perna direita para firmar o pé contra a parede, eu gostei muito da posição, ela me relaxou, mas provocou lembranças incômodas, então não me relaxou.

Me desviei de medo, grito e gargalhada para buscar o que me levou a não abastecer o carro, ficar sem combustível nunca, quebrar o limpador de pára-brisa sim, e se ocorressem as duas coisas ao mesmo tempo?

Minha mulher certa noite durante o vinho contou uma anedota que ouviu no avião, ao terminar ela deu uma gargalhada, eu não senti medo porque eu gargalhei ao mesmo tempo, foi quando me ocorreu a ideia de reagir a gritos com outros gritos, anulação, mas nunca pratiquei.

Eu poderia ter gritado quando descobri que o carro estava sem combustível, ou poderia ter achado aquilo tão ridículo que merecia uma gargalhada em vez de grito.

Eu não me lembrava de ter ouvido grito sem sentir medo, nenhuma vez, mas não tinha certeza.

A chuva oscilou, reduziu a força durante alguns minutos, ou segundos, depois voltou mais forte, mais forte do que antes ou tão forte como antes, mudei a perna dobrada que firmava o pé na parede.

Chovia no enterro de Brás Cubas.

Uma lembrança, duas, durante o sexo a minha mulher gritou, eu não passei medo, durante o sexo a minha mulher sentiu cócegas e gargalhou, eu não senti medo, a vida era boa.

Num daqueles acasos do Paul Auster, a minha mulher passaria por ali, me encontraria com as costas e o pé apoiados na parede externa do bar, mudei de pé.

À noite bebendo vinho com a minha mulher eu queria ter história para contar, dizer que estive na guerra e que matei um ou dois inimigos, mas talvez aquele tipo de história fosse mais eficiente para contar no escritório.

No escritório gostavam de conversar sobre doença, para não ficar calado inventei uma pressão alta, a preferência por doença começou quando um funcionário morreu de doença.

Me diziam no escritório que macarrão demais dava doença.

Eu me lembrava das conversas no escritório sobre doença, mas eu não me lembrava da doença que matou o funcionário.

A chuva diminuiu bastante, pensei que ia parar, mas voltou com força, felizmente, não saberia o que fazer se a chuva parasse, sem a desculpa da chuva eu teria que tomar alguma providência.

Passou um táxi, era uma ideia, não vi qualquer ônibus, não sabia de estação do metrô naquela região, eu tinha pernas, havia muitas alternativas para sair dali, um camelô vendendo bicicletas seria muito engraçado, o ciclista cômico.

Um dia no elevador ouvi uma frase, eles não gostam de osso mas não largam o osso, eu ouvi no elevador do escritório, nunca esqueci.

Confundir grito e gargalhada, existiam coisas que eram só minhas, mas eu ainda não havia descoberto qual a vantagem, a utilidade.

Os advogados do escritório tinham mais prestígio que os outros funcionários, falava-se até que andavam armados, mas nunca tivemos certeza.

Olhei para o meu carro estacionado na minha frente, os vidros laterais do lado que eu enxergava estavam fechados, mas os do lado oposto também?, claro que sim, quando estava no carro já chovia bastante e os vidros estavam fechados, eu preferia que tivesse quebrado o limpador de pára-brisa e não acabado o combustível, teria sido um problema mais humanamente compreensível, humano?

A chuva começou a cair também debaixo da marquise, provocou um sentimento de arrepio, que desapareceu quando deduzi que um vento havia soprado na minha direção.

A chuva me atingiu, buscaria refúgio no bar ou no carro, ou atravessaria a rua para me proteger na marquise do outro lado, livre do vento que me fez uma emboscada na frente do bar.

Um guarda-chuva resolveria todos os meus problemas, porque eu pensava que deveria existir uma única coisa que resolvesse todas as questões, algo único para solucionar tudo, um guarda-chuva, eu sorri com a ideia, o vento mudou, a chuva deixou de bater em mim, eu estava molhado.

A ideia era boa, algo único para solucionar todos os problemas, mas as pessoas só acreditariam se fosse alguma coisa mais abstrata do que um guarda-chuva.

Eu estava molhado, as costas na parede externa do bar, a perna dobrada para firmar o pé contra a parede, ia revezando o pé, era o meu único movimento.

Sem movimento, uma fotografia da pose, eu com a parte superior das costas e a sola do sapato contra a parede externa do bar, para a fotografia eu escolheria o momento em que eu estivesse com a perna direita dobrada para firmar o pé na parede.

A minha mulher estava demorando com o acaso de passar por ali, não era semana de viagem, mas a rua não fazia parte do caminho dela, portanto o acaso teria que fazer um grande esforço para colocá-la naquela região da cidade.

Eu tinha condições de sair da situação sozinho, mas havia momentos em que preferia ser resgatado, aquilo já havia acontecido outras vezes, talvez porque nas operações do escritório eram previstas ações de resgate, ser resgatado tinha um gosto específico, sabor de não estar sozinho.

Os advogados do escritório eram os coordenadores das ações de resgate, portanto o acaso tinha a oportunidade de fazer transitar por aquela rua um advogado, que já poderia ter passado, mas um que nunca havia me visto no escritório, não me conhecia, e portanto eu também não o conhecia, e eu não aprovaria ser resgatado por um desconhecido.

O telefone celular estava no carro protegido pelas

janelas fechadas e pelo ruído da chuva, eu não o ouviria se me ligassem, o dever me mandava apanhar o telefone, mas eu pensava nele por outro motivo, usá-lo para solicitar resgate, não, eu havia escolhido ser resgatado por acaso.

Eu não entendia muito bem o acaso, mas eu tinha certeza que o acaso era mesmo para não se entender muito bem.

Pensei em não esquecer a reflexão para repeti-la à noite durante o vinho, e ouvir a classificação da minha mulher, cômico, eu tinha certeza que o adjetivo faria parte da classificação.

Senti vontade de mijar e ao mesmo tempo de não entrar no bar em busca do banheiro, se a rua fosse arborizada eu teria mijado numa árvore, aquilo me pegou de surpresa, se a rua fosse arborizada eu teria mijado numa árvore.

Empurrada pela surpresa, a decisão foi tomada muito rapidamente, afastei o pé e as costas, me virei e mijei bem sossegado na parede externa do bar.

Bem sossegado, não cheguei a virar a cabeça, bastou o rabo do olho para ver que o camelô havia voltado, ele olhava parado na esquina, a mesa dobrada, o saco plástico, o que ele vendia?, naquele ponto da esquina não havia marquise, o camelô tomando chuva, ele olhava enquanto eu mijava.

Virei a cabeça para o lado oposto, a porta do bar, ninguém entrava ou saía, olhei para o camelô, ele desapareceu, voltei para a posição de costas e pé contra a parede, a sola do meu sapato contra a parede, a sola sobre a urina que ainda escorria.

O camelô desapareceu, pensei em miragem, o retorno do camelô foi uma miragem, me lembrei que miragens existiam, não tanto como o acaso, mas existiam, eu sabia que sim, um funcionário do escritório que via miragens durante as operações foi demitido, mas o funcionário que tinha déjà vu permanecia trabalhando e com muito prestígio.

O melhor de tudo é que eu não me lembrava se estava indo para casa ou para o escritório quando o carro parou por falta de combustível.

CÔMICO

 Foi um dos dias mais agitados que vivi no escritório, a operação sobre negócios com ações na bolsa tumultuou o trabalho e passamos algumas horas muito tensas, eu fazia parte da equipe que permaneceu no escritório, havia três equipes em campo, em locais diferentes, o dia foi tão agitado que um advogado passou mal.

 O computador e o telefone eram as minhas ferramentas, a partir de certo momento recebi a ajuda de uma folha de papel e um lápis, como se no meio de uma caçada a funda fosse tão importante quanto a espingarda.

 A operação desembocaria em negócios na bolsa, logo havia pressa, sem necessidade de pedido do cliente, porque pressa era parte natural daquele trabalho, mais do que em qualquer outro.

 Além da pressa, descobrimos que o alvo agia da mesma maneira, transformou o nosso cliente em alvo, e nós tínhamos portanto um escritório concorrente envolvido na operação.

Um funcionário derramou café sobre o teclado do computador quando recebeu por telefone a notícia de que havia a suspeita da presença do escritório concorrente, a coordenação recolheu dados de uma das equipes externas e confirmou a informação, os cuidados foram multiplicados.

A funcionária de uma das equipes externas bateu o carro, não foi um grande acidente, mas o carro sofreu avarias que o tiraram de circulação, a funcionária trabalhou de táxi até o carro fosse substituído, o táxi era a única e perigosa alternativa, qualquer movimento incomum chamaria a atenção do motorista, ele poderia ser uma testemunha a dar muita dor de cabeça para os nossos advogados.

Alguns diretores do escritório, aqueles sobre os quais nós sabíamos da existência, mas nunca tínhamos visto, surgiram por corredores e salas, um deles parou ao meu lado e acompanhou o que se passava na tela do computador, outro surpreendeu muito mais, levou água para um funcionário.

Algumas discussões foram inevitáveis, me mantive fora de todas, mas assisti a duas ou três, uma delas não ficou apenas no áspero bate-boca, houve um empurrão, um desequilíbrio, uma quase queda e em consequência uma altercação ainda mais agressiva.

Em outra discussão, que eu pensei que chegaria ao contato físico, alguns aspectos da vida pessoal dos dois funcionários foram utilizados, existia uma mesa entre eles, o espaço era maior que os braços, e não havia novidade nos detalhes pessoais, todos nós conhecíamos, mas nunca alguém falou aquilo em voz alta.

Um homem causou alarme, ele chegou no escritório perguntando por uma mulher, o nome dela era desconhecido para nós, logo imaginamos que se tratava de funcionário do escritório concorrente num corajoso movimento de espionagem, depois de alguma conversa foi percebido o engano, ele buscava o mesmo pavimento no prédio ao lado, mas engano mesmo?, a única coisa que o espião teria descoberto é que nós estávamos numa agitação muito grande.

Diretores do cliente transferiram-se para o nosso escritório, um deles fumava charuto.

Almoçamos sanduíches em nossas mesas, houve confusão no pedido, poucos funcionários comeram o que pediram, causou irritação, passamos a falar mais alto depois da confusão dos sanduíches.

O que mais me irritou foi a impossibilidade de ler os resultados esportivos na internet

Ir ao banheiro tornou-se um problema, assistimos a cenas como largar com violência o telefone sobre a mesa, correr atropeladamente e retornar resmungando um pedido de desculpas, ou o funcionário que se contorceu com as dores causadas pela demora em ir ao banheiro, ele emitiu alguns sons inéditos para os ouvidos da maioria de nós, o que foi assunto durante muito tempo, incluindo tentativas de imitação.

Não fui ao banheiro uma única vez, eu era um profissional sério.

Em vez de ir ao banheiro eu preferia ler os resultados esportivos, era mais urgente.

Foi um dos dias mais agitados, não, ele foi mesmo o dia mais agitado de todos que vivi no escritório, um dia surpreendente.

Se o diretor do cliente, um daqueles que se transferiram para o nosso escritório, se ele me oferecesse um charuto, eu aceitaria.

Um dos funcionários mais antigos saiu pelo escritório, de sala em sala, abrindo as janelas e informando que o aparelho de ar-condicionado não estava funcionando, mas todos percebíamos sem qualquer dúvida que o ar-condicionado estava funcionando.

Ele foi retirado discretamente do escritório e fechadas as janelas, mas eu sabia como defender o funcionário, alegaria que a atitude dele não era uma súbita falta de razão, mas um protesto sutil contra o charuto do diretor do cliente, o que talvez piorasse a falta cometida por ele.

Algo seria feito dois minutos antes do encerramento do pregão da bolsa de valores, era o que eu havia entendido, mas não tinha certeza, tudo que a operação revelasse serviria para orientar aquele instante, mas eu não tinha certeza.

Naquele dia, pela primeira vez, vi semelhanças entre as cotações da bolsa e os resultados esportivos, e reservei o assunto para levá-lo até a minha mulher à noite durante o vinho, aguardando ansiosamente ser chamado por ela de alguma coisa cômica, sociólogo cômico, por exemplo.

Da minha sala eu não tinha visão ou audição completas sobre o que ocorria no escritório, se durante as discussões e perdas momentâneas de autocontrole houve algum grito, eu não ouvi.

Nunca no escritório olhou-se tanto para os relógios como naquele dia, buscávamos a todo instante conferir o nosso relógio com o relógio dos outros funcionários, a hora dada pelo nosso computador com a hora do computador do vizinho de mesa, principalmente com a hora da bolsa de valores.

Um dia eu cogitei uma coleção de relógios onde não haveria dois deles marcando a mesma hora, talvez fosse uma tentativa de me convencer de trabalhar na teoria de que não existiam dois relógios indicando o mesmo instante, a ideia da impossibilidade de tal exatidão, algo certamente cômico, mas naquele dia de agitação no escritório a minha teoria passaria por uma grande mudança, pois até aquele momento ela não incluía o relógio da bolsa de valores.

Os computadores sofreram pane, primeiro eles ficaram um pouco lentos, depois começaram a travar em algumas operações, os técnicos resolveram o problema rapidamente, eu notei que os técnicos ficaram mais velozes depois que travou o computador de um advogado.

Houve também dois funcionários que esbarraram de costas, um que tropeçou nos próprios pés, outro que derramou café sobre o teclado do computador, o que caiu da cadeira, um que quebrou o telefone, e o nauseado, mas que chegou a tempo no banheiro.

A coordenação não anotou os incidentes na ficha dos funcionários porque considerou aquele um dia anômalo.

Nenhuma cena causou gargalhada, nenhuma das que eu estava perto.

Continuei no dia seguinte sentindo cheiro de charuto no escritório.

ESTRADA

No apartamento, corredor entre a sala e o quarto, eu olhava para o espaço vazio no maleiro, a minha mulher estava viajando a trabalho, a segunda viagem de oito dias em três semanas, para mim um dia de folga no escritório, dia de folga, logo não era domingo.

Pensei em macarrão e após a refeição o meu retorno ao charuto, o primeiro charuto da minha volta ao tabaco, mas fiquei somente na ideia do macarrão, pois planejava sim voltar ao charuto, mas um charuto semanal, rigorosamente aos domingos, porque o sétimo dia foi feito para fumar um charuto, e aquele dia de folga não era domingo, fiquei somente na ideia do macarrão.

O oftalmologista também fazia parte dos meus planos naquela época, eu tinha certeza que usaria óculos, não percebia qualquer problema de visão, mas ter encontrado um dia o camelô vendendo óculos me deu a certeza de que haveria necessidade de usar óculos, vi o oftalmologista escrevendo numa folha de papel as lentes necessárias para corrigir a minha visão, meu dia de folga não era domingo, os oftalmologistas estavam trabalhando, mas voltei a pensar somente em macarrão.

Voltei a pensar nos advogados do escritório, um dia no elevador ouvi uma frase, eles não gostam de osso mas não largam o osso, eu ouvi no elevador do escritório, nunca esqueci a frase, mas não me lembrava se o autor se referia aos advogados ou se ele era um advogado, eles não gostam de osso mas não largam o osso, ouvi no elevador do escritório.

Passei a manhã em casa, li na internet os resultados esportivos, tomei banho demorado, fiz café, olhei pela janela, reli os resultados esportivos na internet, havia uma partida de vôlei, no segundo set uma das equipes marcou apenas três pontos, pensei muito na outra equipe, eu estava fazendo hora para chegar o meio-dia, naquela folga o meio-dia queria dizer macarrão.

O restaurante ficava a três quarteirões, fui caminhando, me distraí, passei do restaurante uns trinta passos, me surpreendi com o que fiz, houve um sentimento de arrepio, retornei, contei uns trinta passos.

Os pensamentos que não me deixaram enxergar a porta do restaurante não me desviavam a atenção pela primeira vez, não era uma rotina, mas certos dias de folga me faziam lembrar quando a minha folga coincidiu com a folga da minha mulher.

Ela retornou à noite de uma viagem de trabalho, teve o dia seguinte livre, juntamos as nossas folgas, por não ser domingo cumprimos um programa fora do que habitualmente acontecia na folga de qualquer um, e também saímos daquilo que seria comum na folga de nós mesmos.

Por exemplo, não bebemos vinho.

A manhã começou com o desjejum no elevador, preparamos café e sanduíches, comemos e bebemos enquanto descíamos, terminamos o café-da-manhã no estacionamento, largamos as xícaras vazias num canto, apanhamos o carro e saímos para a rua sem planos, ela dirigia.

Paramos para abastecer, ficar sem combustível não fazia parte dos planos de um dia de folga, passamos a manhã inteira no zoológico, almoçamos macarrão por escolha da minha mulher, concordei, bebemos cerveja, no início da tarde fomos ao cinema, Zelig tentava levar a vida.

Comprei pão, sentamos num banco de praça, ficamos rodeados de pombas, eu tinha um colega de escritório que dizia que chutar pombas era o esporte favorito dele.

Fim de tarde, voltamos ao carro, circulamos pelo centro velho da cidade, depois tomamos o rumo da periferia, paramos para um lanche num daqueles novos bairros que haviam sido construídos sobre a área do lago, esgotado, aterrado e urbanizado.

Quando voltamos era noite, estacionamos na garagem, não combinamos, a ideia apareceu para nós dois ao mesmo tempo, trepamos no banco de trás do carro, nunca ficamos sabendo se houve audiência.

Apanhamos as xícaras do desjejum e subimos para o apartamento, eu bebi uísque enquanto a minha mulher tomava banho e eu tomei banho enquanto a minha mulher bebia uísque.

Fui dormir sem ler os resultados esportivos, aqueles eram os pensamentos que não me deixaram enxergar que havia passado uns trinta passos da porta do restaurante no dia de folga.

Retornei e entrei no restaurante, havia mesa vaga junto à janela que dava para a rua, fui caminhando na direção dela, coloquei a mão no espaldar da cadeira para afastá-la da mesa, ouvi um grito, virei a cabeça, não para localizar o grito e o seu motivo, mas para encontrar o caminho de volta para a porta e a rua.

Um dia me prometi que na folga tomaria o caminho da estrada, então todo dia de folga eu me prometia uma estrada, mas nunca cumpria.

PAPEL

Uma empresa de logística na distribuição de alimentos, a cliente, queria saber o que uma concorrente pretendia alterar na maneira de trabalhar, porque corria uma história, o alvo da operação havia descoberto como manter a qualidade do serviço mesmo cortando dez por cento dos custos, outra versão da história dizia sete e meio por cento, outra dizia que a história era outra.

A operação do nosso escritório passou por problemas durante e depois, participei de momentos difíceis, vi de perto algumas situações que significaram problemas durante e depois.

O que ficou de lembrança forte da operação foi uma suspeita sobre a vida dos advogados do escritório, nem todos eram advogados, suspeitei, talvez nenhum fosse, mas era mesmo uma suspeita ou eu inventei uma suspeita?

Um advogado havia dito durante uma reunião que os funcionários deveriam ser discretos, não sair por aí abanando a cauda, sair por aí abanando a cauda, ele disse, era outra coisa que eu sempre me lembrava dos advogados do escritório, ou havia sido um diretor, ou um diretor que era advogado, abanar a cauda.

Eu mudei de sala no escritório várias vezes, numa delas a minha mesa ficava de frente para a mesa de um funcionário que tinha o hábito de tomar empréstimos e não devolver, do vizinho da direita ele levava a caneta, do vizinho do outro lado o bloco de papel, de mim o apontador de lápis, e ele nunca mudou, sempre o mesmo objeto de cada um.

O sujeito dos empréstimos não foi invenção minha porque os outros dois funcionários testemunharam durante um jantar de fim de ano, no mesmo jantar nós três fomos acusados de combinar a história, mas nenhum dos acusadores era advogado.

A operação sobre a logística na distribuição de alimentos terminou bem para nós, o cliente recebeu com entusiasmo a revelação que extraímos do alvo, mas não foi fácil conseguir, não foi tão fácil como pedir um apontador de lápis emprestado e não devolver.

Depois de uma operação com problemas, nós recebíamos comunicações informando como fomos protegidos pelos advogados, detalhando o trabalho dos advogados, como foi vitoriosa a atuação dos advogados, e que seria sempre daquela maneira, que nós todos contaríamos com segurança, sempre, a comunicação utilizava muito a palavra sempre, e a palavra advogado também.

Uma das comunicações, dramática e inesquecível, mostrava como a operação foi protegida e que um dos advogados deixou o escritório para garantir a segurança, a comunicação não explicou o que significava deixar o escritório, claro mesmo somente que havia sido feito um sacrifício muito grande, nunca ficamos sabendo o que aconteceu nem tivemos mais qualquer notícia do advogado.

Num jantar de fim de ano, o discurso de um diretor do escritório nos levou a cogitar que o advogado da história dramática havia morrido, mas um vizinho de mesa arriscou uma opinião, que aquela história era apenas um motivo para justificar o aumento de salário dado somente para os advogados.

Eu tive alguns problemas no escritório, um virou história, reivindiquei papel higiênico de melhor qualidade nos banheiros, virou história porque aquela era a história para a qual nós todos estávamos preparados para viver e registrar, tudo o que ocorria comigo numa operação desaparecia em poucos dias, o papel higiênico foi para sempre.

Confundi dois homens na operação dos projetistas de móveis, eles trabalhavam para o alvo, dei atenção àquele que não servia para o nosso escritório, retardei a operação, ficou anotado na minha ficha, mas o assunto nunca voltou nas reuniões internas ou no prólogo das operações, porém lembravam de mim no escritório cada vez que iam ao banheiro, lembravam de mim em voz alta.

Falhei na operação, mas não tentei esconder ou mentir, eu mesmo informei o que aconteceu, confundi a fisionomia de dois homens muito parecidos, o que não era desculpa, fazia parte do meu trabalho identificar entre dois homens muito parecidos aquele que tinha importância para a operação.

Mentir no escritório nunca foi cogitado, éramos profissionais sérios, chamávamos de ardil quando o trabalho exigia alguma adulteração.

Cometíamos erros, alguns por culpa do acaso, o acaso tinha participação grande na nossa profissão, tanto que havia também acertos nascidos do acaso, eu não entendia muito bem o acaso, mas eu tinha certeza que o acaso era mesmo para não se entender muito bem, o acaso participou da operação dos perfumes, no trabalho de campo eu carreguei com a fórmula alguns documentos contábeis que não faziam parte dos planos, ficou anotado na minha ficha, quem lembra?, mas todos recordam que não consegui melhorar a qualidade do papel higiênico nos banheiros do escritório.

Fui surpreendido por uma profunda preguiça às vésperas da largada para a operação da fábrica de chocolates, quando eu pensava que cometíamos erros sempre me lembrava da preguiça que chegou no prólogo da operação, mas a preguiça não era erro, era premonição, o meu corpo não queria que eu trabalhasse naquela operação porque previu que ela seria um fracasso.

A fábrica de chocolates preparou uma armadilha para nós, havia alvos que tomavam precauções defensivas, o escritório sabia e estava preparado, mas naquela operação nós fomos apanhados de surpresa porque a armadilha era grosseira, portanto inesperada.

O alvo criou um endereço e nós acreditamos que fosse o fulcro da operação, o local onde encontraríamos tudo que o nosso cliente precisava saber, a emboscada foi constrangedora para a equipe externa, e eu na equipe interna continuava sentindo uma profunda preguiça.

Toda operação começava com o escritório situando o fulcro, os diretores gostavam da palavra, mas muito menos que da palavra alvo, que alguns prefeririam target, evitávamos a palavra vítima, a palavra preguiça não era pronunciada.

Senti preguiça mais algumas vezes, em uma delas foi tão intensa que pedi para sair da operação, aleguei que não estava me sentindo bem, fui afastado, a operação falhou, continuei sentindo preguiça por mais uns dois dias.

Mas também senti um entusiasmo muito grande diante de certas operações, vontade de começar logo, mas sempre com a preocupação de evitar que a ansiedade causasse transtornos ao trabalho, eu era um profissional sério.

Entrei com muita garra em operações que coincidentemente terminaram com sucesso, dizia que era coincidência porque, profissional sério, eu seria incapaz de creditar uma vitória exclusivamente à minha garra.

Fui protagonista em diversas operações, mas nunca conquistei a posição de protagonista permanente, trabalhei como coadjuvante na maioria das vezes, eram poucos os funcionários com a graduação máxima definitiva, a maioria subia e descia, e havia também aqueles que ficavam de fora por não ter o perfil necessário para certo tipo de trabalho.

Poucas vezes não ter sido escalado me incomodou, mas em uma das ocasiões estar fora me causou dano, desde perder o sono até buscar socorro conversando com a minha mulher à noite durante o vinho, mais vinho que habitualmente.

Uma operação encomendada pelo governo mobilizou várias equipes do escritório, eu desconhecia o motivo por ter ficado fora, a justificativa foi a necessidade de permanecer ativo em operações menores, que mesmo menores não seriam abandonadas, mas não confiei no diretor que me disse aquilo.

Vi a operação de longe, sofrendo com a minha curiosidade em saber como era aquele cliente diferente dos outros.

Percebi pouca coisa da operação, não consegui desenhar um perfil satisfatório do alvo, fui descobrir algo mais concreto semanas depois quando li notícias do governo, mesmo sem ter certeza se aquelas notícias tinham alguma relação com a operação.

Talvez eu estivesse completamente enganado, o fato de ler notícias da grande vitória do governo não significava que a causa fossem as revelações colhidas pela operação do escritório.

Ter ficado fora da operação do governo me incomodava, então a primeira informação que criou possibilidade de ligar uma coisa com a outra virou verdade para mim, seria como se, mesmo depois de terminada a operação, eu entrasse nela, e conhecesse o resultado dela.

Tomei o elevador com um diretor do escritório no dia da notícia da grande vitória do governo, ele tinha uma ótima aparência, tão sorridente que eu não teria estranhado se ele repentinamente começasse a assobiar uma canção alegre.

À noite em casa reli as notícias em busca de um detalhe, elas falavam da grande vitória do governo, era sinal que em algum momento eu leria sobre a derrota de alguém, como nos resultados esportivos.

Não encontrei nas notícias informações que se referissem ao perdedor, fiquei com o gosto de que havia sido eu.

Se eu tivesse participado da operação, primeira consequência, saberia quem era o alvo, portanto identificaria o perdedor, ao mesmo tempo eu imaginava que uma operação para cliente tão diferente dos outros possuiria características incomuns, eu pensava em características incomuns, mas ao mesmo tempo a minha cabeça continuava não admitindo um jogo com resultado final onde só aparecia o vencedor.

O que passei por não ter trabalhado na operação do governo foi desde perder o sono até buscar socorro conversando com a minha mulher à noite durante o vinho, mais vinho que habitualmente, porém sem nunca falar para ela das questões do escritório, o socorro era conversar sobre outros assuntos, principalmente os triviais, para me distanciar do meu problema.

Eu não contava aspectos da minha profissão para a minha mulher, o escritório não permitia, ela nunca perguntava, mas se ela me visse preocupado sabia o que fazer, conversa e vinho, eu sempre ia dormir muito melhor.

A ausência na operação do governo me abalou, a minha mulher sentiu que eu tinha problemas profissionais, então delicadamente enumerou dificuldades no trabalho dela, as viagens tão frequentes, alguns colegas que criavam situações difíceis por incompetência ou rivalidade, deficiências da diretoria, só faltou me dizer que a empresa havia realizado um negócio muito importante e ela estava chateada porque havia ficado fora, ela teria dito se ela soubesse da minha história.

Se ela soubesse da minha história, eu tinha certeza, ela me chamaria de profissional extraordinariamente bobo.

Por que fui deixado fora da operação?, uma noite, bebendo vinho sozinho, minha mulher estava trabalhando em outro país, aquela foi uma das vezes em que consegui beber vinho sozinho, eu me lembrava de poucas, naquela noite fiz uma lista de motivos para ficar fora da operação do governo, um deles era a minha visão, eu não tinha uma visão perfeita, precisava usar óculos, sem óculos eu não tinha vaga nas operações importantes, nas operações tão diferentes das outras.

Extraordinariamente bobo, teria dito a minha mulher para a minha falta de óculos, e teria dito o mesmo se eu contasse que na lista de motivos estava também a minha relação com os relógios, a coleção de relógios que eu nunca fiz talvez interferisse na minha pontualidade, fator importante em qualquer operação.

A minha memória abriu o arquivo da coleção de relógios, a coleção que eu não fiz, antes o jovem que não tinha como acumular relógios, depois o adulto sem tempo para cuidar da coleção, a coleção de relógios onde, nunca, dois relógios teriam a mesma hora.

ESPORTES

Dia de trabalho interno, mas o escritório deu fadiga, entrei em casa com a ideia de me recuperar na internet, não podia cogitar vinho conversando com a minha mulher, ela estava visitando três cidades, não muito distantes, mas a agenda de trabalho previa quatro dias fora de casa.

Fui em busca dos resultados esportivos com um prato de macarrão ao lado do computador, e uma taça de vinho.

Comecei pelo atletismo, sempre me atraiu o esporte onde havia um único vencedor e muitos perdedores, criei uma teoria, o segundo classificado era o líder dos derrotados.

Estavam lá também as informações sobre a partida de futebol que terminou 3 a 3 e foi decidida com chutes da marca do pênalti, o melhor exemplo esportivo de uma descida ao inferno.

Na luta de boxe eu conferia o vencedor e ficava pensando se o derrotado era daqueles que consideravam o segundo lugar uma grande conquista, a medalha de prata uma glória imensa, ri da ideia.

Natação, corrida incomum, naquela noite lendo os resultados na internet fui informado do nadador que chegou em terceiro e deu socos na água até ferir a mão, natação tão incomum, com derramamento de sangue.

A competição de esgrima terminou com um vencedor, nenhum ferido.

Jogo de tênis, quartas-de-final, me lembrei do filme, o jogo de tênis sem bola, me lembrei do final do filme.

A prova de motociclismo terminou com o mesmo vencedor das últimas quatro, portanto com os mesmos perdedores das últimas quatro.

Os resultados esportivos tinham mais letras do que números, registrei a ideia para conversar com a minha mulher à noite durante o vinho, e ela me chamar de alguma coisa extraordinariamente boba.

O juiz encerrou o jogo de basquete no momento em que a bola se aproximava da cesta, e caiu nela, o árbitro não validou os pontos, o time que não recebeu os pontos não reagiu contra, não reclamou porque estava perdendo por 104 a 71, pensei eu.

Me servi de mais vinho, deixei o prato vazio de macarrão na pia da cozinha, fui ao banheiro, o meu intestino não estava dos melhores.

DINHEIRO

Me bateram a carteira.

A hipótese não havia me ocorrido, nunca tive qualquer cuidado, sem paletó eu levava a carteira no bolso traseiro direito da calça, com paletó ela ia no bolso da direita, nunca no bolso interno do paletó.

Eu passava a maior parte da minha vida em três lugares, casa, automóvel e escritório, mas também entrava em lugares públicos e sacava a carteira, e na minha profissão eu convivia todos os dias com a perspectiva de estar num lugar público.

Eu carregava na carteira o cartão de crédito, pouco dinheiro e um documento de identidade, não era permitido levar identificação do local de trabalho, regra do escritório.

Nunca carreguei moedas, sempre que houvesse um pagamento que tivesse moedas de troco eu optava pelo cartão de crédito, moedas me incomodavam, elas tinham peso, faziam ruídos, eram pequenas.

Eu utilizava a minha carteira em lugares públicos, restaurante, cinema, mercado, livraria, pastifício, teatro, enoteca, mas não em locais esportivos, as competições só me interessavam depois de terminadas.

Senti falta da carteira à noite quando cheguei em casa, naquele dia passei apenas pelos três endereços rotineiros da minha vida, casa, carro, escritório, era dia de algumas compras, mas a minha mulher estava na cidade e com pouca atividade, ela foi ao mercado e à loja de perfumarias, e deveria chegar em casa logo depois de mim.

Fiquei diante de um mistério, pois se não estive em local público, o batedor de carteira me fez de alvo em um daqueles três lugares onde passei o meu dia, e não conseguia imaginar ter a carteira batida em algum deles.

Em casa, no carro e no escritório, hipóteses absurdas, mas era preciso admitir que o escritório tinha algumas características de lugar público.

Muitos funcionários e sempre alguns clientes, e funcionários dos clientes, então iniciei um exercício para desvendar o mistério e imediatamente cancelei as hipóteses casa e automóvel, a minha carteira havia sido batida no escritório.

Refiz na memória o meu caminho daquele dia, deixei o carro no estacionamento e entrei no escritório, fui para a minha sala, no final da tarde o trajeto inverso, mas não extraí da memória qualquer momento que tenha sido propício para a ação de um batedor de carteira, até que me lembrei do elevador lotado.

Deixei de ter qualquer dúvida, a minha carteira foi batida dentro do elevador do escritório, eu não sabia se na entrada ou na saída, o elevador estava lotado em ambas, mas foi lá, no elevador cheio que a mão avançou no bolso direito do meu paletó, talvez atraída pelo volume visível através do tecido, no caso de um visitante, ou alguém que me conhecesse e tivesse na convivência me visto sacar a carteira daquele bolso.

No meu raciocínio pesavam igualmente as duas hipóteses, um desconhecido e um conhecido, a ideia de ter sido um visitante ou um funcionário do escritório manteve a balança na posição absolutamente horizontal.

Mas na balança que trabalhava na minha cabeça um dos pratos começou a baixar lentamente, havia mais peso na hipótese de um funcionário do escritório.

Me bateram a carteira no elevador do escritório, eu não via a hora de contar para a minha mulher.

HOTEL

Eu menti para a minha mulher, fui escalado para uma operação em outra cidade, contei para ela trocando o nome da cidade, troquei porque no dia seguinte ela também viajaria a trabalho, e para a mesma cidade.

Eu não sabia se era necessário mentir, afinal trabalhei em campo muitas vezes na cidade onde vivíamos, o acaso nunca interferiu, um encontro casual na nossa cidade seria natural, mas em outra provocaria algum tipo de curiosidade, curiosidade natural, mas curiosidade perigosa.

Possibilidade remota não deixava de ser possibilidade, pensei ao decidir que era melhor obstruir a chance do acaso, evitar que a minha mulher associasse a mim qualquer familiaridade que visse ou ouvisse.

Cidade grande, mas o tamanho não impedia que alguma informação corresse e chegasse até a minha mulher, porque uma das consequências das operações do escritório era a revelação, ou o resultado dela, transformando-se em notícia, sempre, depois do final, sempre notícia.

A minha mulher manteria sigilo se descobrisse algo, eu sabia, porém me agradou mudar o nome da cidade, se ela tivesse alguma notícia que provocasse suspeita, pensei, não cogitaria o envolvimento meu, porque para ela eu estava em outro lugar, tudo muito simples, se ela esbarrasse em algo não precisaria esconder ou mentir, tudo muito simples, ela simplesmente não falaria porque não havia personagem conhecido, tudo muito simples.

Na véspera da viagem, uma precaução necessária, escondi o bilhete da empresa aérea na pasta onde levaria os primeiros documentos da operação, material ainda incompleto, mas que também revelaria o meu verdadeiro destino, pasta mantida fechada por duas chaves e uma senha.

Pensei no cúmulo que seria naquela noite falar enquanto dormia e revelar a mentira para a minha mulher, o cúmulo.

Não era fácil mentir para ela, mas naquele caso entravam questões profissionais, o sigilo fazia parte do meu trabalho, tudo muito simples, eu não havia mentido para a minha mulher, eu estava apenas sendo um profissional sério.

Viajaríamos eu e ela em dias diferentes, mas com apenas doze horas entre uma partida e outra, e ela pensou que se fosse menos tempo iríamos juntos para o aeroporto, ideia que, mesmo abandonada no mesmo instante em que foi exposta, me apavorou, e o velho sentimento de arrepio deu sinal, chegou e acabou, passou.

Como eu não queria que ela fizesse perguntas sobre a minha viagem, também não fiz sobre a dela, não perguntei do hotel, mas a tentação era muito grande, ficar no mesmo hotel era o acaso transformado em tragédia.

Embarquei no dia seguinte cheio de preocupações, intranquilo mesmo sem o indício de palavras comprometedoras durante o meu sono, assunto que eu gostaria de comentar com a minha mulher à noite durante o vinho, seria um grande assunto, pena que eu era um profissional sério.

Desembarquei imaginando que a minha mulher, algumas horas depois, faria o mesmo, talvez esperasse a mala na mesma esteira.

Cúmulo novamente, fiquei preocupado em não deixar pistas da minha passagem pela esteira, cúmulo, apagar minhas pegadas do chão do aeroporto, ou eu estava ficando louco ou havia encontrado uma maneira original de me divertir, loucura ou diversão ou ambas.

Fui recepcionado no aeroporto por um funcionário do escritório, no táxi a caminho do hotel ele me passou os documentos que completavam as informações que eu necessitava para trabalhar.

Examinei parte dos papéis no táxi, parte no hotel, acomodado num apartamento amplo, com três computadores e três telefones, eu sabia que em certo momento estaria utilizando tudo quase ao mesmo tempo, e havia ainda lápis e papel, além dos comprimidos que nós chamávamos de 24 horas.

Os papéis que examinei no hotel me informaram com clareza quem eram o cliente e o alvo da operação.

Algumas vezes eu me referia às viagens da minha mulher chamando a ida de exportação e a volta de importação, era com o que ela lidava, era como eu via o trabalho acontecendo com ela.

O alvo da operação era uma empresa de importação e exportação.

A primeira coisa foi apanhar o lápis e uma folha de papel em branco, fiz a ponta do lápis e escrevi, eu precisava ler o nome do alvo da operação escrito com a minha letra para passar pelo sentimento de arrepio, não funcionou, a situação estava muito além dos meus frágeis sentimentos de arrepio.

Eu estava perdendo tempo com ideias extraordinariamente bobas, deveria pedir afastamento da operação, ligar para o escritório e contar o que o acaso fez comigo.

Encontrei dois motivos para continuar na operação, primeiro porque ela já havia iniciado, uma substituição causaria atropelos, e segundo porque eu era um profissional sério, capaz de enfrentar uma operação com aquelas características, e então me veio o terceiro motivo, acompanhado pelo sentimento de arrepio.

O escritório conhecia tudo sobre a vida dos funcionários, na minha ficha de profissional sério, mesmo com alguma fraqueza observada em relatório meu ou dos meus parceiros, a minha ficha de profissional sério indicaria a profissão e o emprego da minha mulher.

Na minha ficha, a minha mulher poderia estar na coluna de minhas fraquezas, então o que estava acontecendo não era obra do acaso, era premeditado pelo escritório, eu estava passando por um teste, eu ia mostrar para eles, eles sublinhariam em vermelho a expressão profissional sério na minha ficha.

Em vez de ligar para o escritório, falei com a portaria do hotel, perguntei se havia reserva em nome da minha mulher, era um risco se ela estivesse no mesmo hotel, risco também a minha pergunta, pois a portaria poderia contar para ela o interesse de um hóspede, mas não havia reserva, e então fui percorrido por um sentimento de arrepio que me pareceu fora do contexto onde costumava se manifestar, mas eu não tinha tempo para pensar naquilo.

Memorizei algumas informações e destruí papéis, tínhamos instruções de como agir nos hotéis, cortávamos o papel em pedaços pequenos, íamos aos poucos lançando no vaso do banheiro e dando descarga.

Os primeiros passos foram por telefone, mais de uma hora depois começaram a chegar mensagens pelo computador, havia um computador para receber e enviar, um para pesquisar e um preparado para plantar dificuldades em rede alheia.

Pelo telefone ouvi detalhes de algumas portas arrombadas, uma escuta com microfones de longo alcance e uma tentativa de suborno, que não se concretizou, o funcionário do alvo com certeza arrependeu-se de não ter aceitado o dinheiro, eu apostava que ele pensou no erro enquanto recebia curativos no pronto-socorro.

As informações chegavam, eu estava conhecendo a empresa onde a minha mulher trabalhava.

Um funcionário do escritório entrou na sede da filial do alvo escondido no caminhão da entrega de toalhas para banheiro, me lembrei da palavra Tróia.

As arrumadeiras do apartamento onde eu operava não eram funcionárias do hotel, elas trabalhavam para o escritório, me lembrei.

Gastei quase a manhã inteira lidando com contra-informação, o pessoal do alvo gastou quase a tarde inteira lidando com contra-informação.

O assalto a um funcionário do alvo a caminho do banco não foi produzido pelo nosso escritório, a responsabilidade era do acaso.

A primeira revelação útil para o cliente surgiu de madrugada, o nome de um país, abrindo a possibilidade de se chegar a outras informações, havia detalhes determinados pelo nome do país, o nome bastou para montar um quarto da revelação necessária para satisfazer o cliente.

Suspeitei de uma das arrumadeiras do apartamento do hotel, era falso alarme, garantiu o funcionário encarregado da investigação.

O alvo desconfiou de um sujeito que foi encontrado extraviado no interior da filial, ele disse que procurava outro endereço e acabou lá por engano, o alvo não tinha registro de como ele entrou, acreditou que era coisa do acaso, chamou o episódio de falso alarme, foi aquele sujeito que trouxe de madrugada o nome de um país.

Veio uma tarde sem qualquer atividade, o ócio quase me levou a pedir uma garrafa de vinho, no começo da noite voltou a normalidade, eu falava ao telefone utilizando os três computadores e escrevia algumas notas com lápis, esqueci que existia vinho no mundo.

Tivemos alguns atropelos, o funcionário de uma equipe externa pediu demissão no meio da operação, ligou do telefone celular dizendo que estava cansado, que deixaria todo o equipamento com um colega e se retiraria para casa, posteriormente para o campo, e meses depois, sem que ele soubesse quem era, um advogado do escritório foi procurá-lo no campo, virou amigo, conversou muito, havia sido apenas esgotamento a causa do pedido de demissão.

A escuta telefônica mostrou eficiência, não fui obrigado a trabalho externo, a operação de campo não me agradava, o meu habitat era diante de telefones, computadores e lápis, entendia a necessidade de sair, não gostava, entendia e fazia, rompia o meu habitat, mas viagem e hotel não quebravam o habitat, o apartamento no hotel era escritório.

O telefone tocou, número errado, fiquei preocupado, não voltou a tocar por engano, mas continuei preocupado, repentinamente esqueci, tanto esqueci que o episódio não entrou no meu relatório, puro esquecimento.

No hotel, fim de madrugada, quando o sono começava a apertar, vi na tela do meu computador as mesmas palavras que um funcionário do alvo estava vendo na tela do computador dele, era o que faltava para que eu pudesse voltar para casa.

GUARDA-LIVROS

O oftalmologista disse que estava tudo certo com a minha visão, não era necessário usar óculos, mas se eu fizesse questão existiam armações sem as lentes, riu, armação nua, vazia, e havia óculos com vidro, apenas vidro, eram vendidos na rua pelos camelôs, o oftalmologista riu, tirei uma conclusão, eu nunca viveria a cena de não saber onde deixei os óculos.

Pensei em comprar um relógio novo para a mesa-de-cabeceira, relógio onde a sirene do despertar produzisse um ruído menos irritante, não comprei.

Dormi mal três noites seguidas, o meu intestino não estava dos melhores, prejudicou o meu sono, os sonhos eram repetitivos, nas três noites sonhei várias vezes com a coleção de relógios que nunca fiz, coleção que fiz somente em alguns sonhos por causa do meu intestino.

Nunca faltei ao trabalho, imaginava faltar um único dia, porque dizer que faltei uma única vez tinha mais força do que dizer nunca faltei, mas eu faltei, sim, era verdade, mas faltei com recomendação médica, gripe, o castigo de uma gripe, mas eu queria faltar sem justificativa, o pequeno crime de um profissional sério, faltar sem motivo aceitável, uma boa história para contar, o pequeno crime de um profissional sério.

O escritório era o segundo trabalho da minha vida, antes fui guarda-livros, havia muitos números, passei a ter gosto pelos resultados esportivos, cálculos contábeis na classificação de times e atletas, no escritório da segunda profissão existia o departamento de contabilidade, advogados trabalhavam lá também.

A minha mulher não gostava de ser chamada de executiva, ela brincava que não passava de caixeira-viajante, eu já havia sido chamado de guarda-livros, na época do escritório eu dizia que era funcionário.

Conheci a minha mulher na sala de espera do aeroporto, eu ia para uma operação em outra cidade, ela para trabalho em outro país, não deveríamos ter nos encontrado, mas havia obras no terminal internacional, ela aguardou o embarque na ala de vôos domésticos, nós nos sentamos lado a lado, eu não entendia muito bem o acaso, mas eu tinha certeza que o acaso era mesmo para não se entender muito bem, um colega do escritório havia contado que conheceu a mulher durante um vôo.

A ideia de fazer alguma coisa incomum, ser camelô, vender vinho na rua, abrir uma mesa na calçada, sobre ela uma armação de madeira para as garrafas deitadas, uma garrafa aberta para a degustação, era necessário criar condições de lavar as taças, impossível ter água corrente na rua, a ideia de fazer alguma coisa incomum era assim.

Imaginei afastar a manga do paletó para ver as horas e enxergar apenas que o relógio parou, depois fiquei pensando se aquilo era invenção minha ou vi num filme ou num livro ou aconteceu com alguém no elevador ao meu lado, eu imaginei tudo aquilo no elevador chegando no escritório.

O jogo de basquete havia terminado 90 a 89, a dor de ter feito 89 pontos não importava, os mortos estavam mortos, que vivesse quem fez 90 pontos, era outra coisa que eu não tinha certeza de onde saiu, algumas vezes me ocorria uma imagem de televisão, o jogador de basquete dando entrevista, ele falava aquilo, ele jogava no time que fez 90 pontos.

Culpa e punição, era o título de um cartaz que vi na rua, passei por ele de carro, culpa e punição, mas não consegui identificar, teatro, cinema ou anúncio de uma banca de advogados?, quando cheguei no escritório eu ainda ria da minha piada.

O problema com o meu intestino, e se fosse o macarrão? ou o vinho? ou ambos?, havia épocas em que eu fazia piadas.

Éramos chamados pelo escritório de operadores em determinadas circunstâncias e em outras de funcionários, mas os advogados eram sempre advogados.

O escritório vetava que usássemos nomes falsos, o nome falso denunciaria uma intenção, eliminando qualquer chance de defesa se houvesse problema na operação, mas eu gostaria que o escritório permitisse nome falso, eu queria ter um nome falso, não porque não gostasse do meu nome verdadeiro, mas por algum gosto que eu não sabia qual era.

Comprei uma caixa de charutos, um dia eu voltaria aos charutos, comprei uma caixa porque às vezes eu sentia necessidade de me adiantar sobre mim mesmo.

Nós trabalhávamos na organização dos arquivos do escritório quando não havia operação em andamento, mas tinha dias em que ficávamos sem o que fazer, era quando eu mais refletia, puxava da memória, na ausência da minha mulher e da garrafa de vinho eu conversava comigo mesmo, eu conseguia permanecer muito tempo na minha mesa no escritório olhando para a tela do computador, mas sem enxergar o que havia nela, apenas pensando, toda a minha vida passava diante dos meus olhos, mas eu continuava vivo, havia épocas em que eu era fértil em piadas.

Eu não conseguia localizar o dia nem a causa de ter perdido o medo de grito, da dúvida eu me lembrava, ter medo de grito era uma forma de expiação?, dúvida, ou eu seria punido por ter medo de grito?, dúvida, a melhor solução foi mesmo perder o medo de grito.

Minha visão era boa, eu não precisava de óculos, mas talvez em algum momento da minha vida eu tivesse necessidade de pelo menos colírio.

CIDADE

    Um dia em que a ida para o escritório e a volta para casa foram muito parecidas, o carro era o mesmo, eu era o mesmo, partes do caminho eram as mesmas, as que não eram pareciam que sim pela familiaridade de todo dia, cheguei a me perguntar se estava indo ou vindo.

    Na parte velha da cidade havia galerias paralelas à rua, eu planejava deixar o carro e caminhar por uma delas, passos lentos, mãos nos bolsos, fazer aquilo assobiando, eu planejava e ao mesmo tempo sabia que era inviável, quando contei para a minha mulher à noite durante o vinho eu não soube responder por que sabia que era inviável, coloquei a culpa no vinho.

    Os meus trajetos pela cidade não eram sempre os mesmos, eu buscava alternativas, modificava o desenho, um dia escolhia a rua de paralelepípedos, talvez a última da cidade, em outro preferia a rua da ponte, ou o bairro das oficinas mecânicas, escolhia também a rua do cinema, lembrança da infância, roubar fotografia do painel que anunciava o filme, como eu havia visto num filme, deixei de escolher aquela rua quando o cinema fechou, mudou para loja de eletrodomésticos, não, não deixei de passar pela rua, apenas reduzi a frequência, a lembrança persistia mesmo sem o cinema.

Escolhi a avenida das árvores, naquele dia percorri parte do meu roteiro sob as árvores, a avenida de duas pistas com árvores nas margens e no canteiro central, as copas se encontravam formando um teto, a avenida havia sido escolhida pelos suicidas, subiam na árvore e pulavam na frente do ônibus, nunca vi notícia de suicida na internet ou no jornal ou na televisão ou no rádio, as pessoas contavam e acreditavam.

A loja onde a minha mulher comprava massas e vinhos estava no meu caminho naquele dia, quando passava pela rua eu sempre olhava para o estacionamento procurando o carro da minha mulher, nunca aconteceu.

Entrei no túnel, era desnecessário acelerar para aumentar a velocidade, a pista tinha uma queda acentuada, descia tanto que mesmo sem apertar mais o acelerador a velocidade crescia, quando chegava ao ponto mais baixo eu podia tirar o pé do acelerador porque havia impulso para o carro arremeter, percorrendo a subida até sair do túnel.

Parei no sinal fechado, o prédio na esquina eu conhecia muito bem, sede do alvo de uma operação, empresa vendedora de alumínio, eu entrei lá, mas pelo computador.

No outro lado da esquina havia uma estação do metrô, eu nunca usei o metrô, nunca pisei no interior de uma estação, mas houve uma chance quando o sobrinho da minha mulher veio nos visitar, o menino de uma cidade média queria conhecer o metrô da cidade grande, a minha mulher levou o sobrinho para o passeio, eu não fui, perdi a chance de conhecer o metrô.

Ultrapassei um ciclista colado à calçada, ele ia cuidadosamente olhando para os veículos, pedalava muito devagar, me lembrei da ideia de atrevimento, comprar uma bicicleta, pedir a entrega para o final da tarde no escritório, deixar o carro, ir para casa de bicicleta, puro exibicionismo, pensei eu mesmo sobre a ideia, ultrapassei o ciclista, durante alguns segundos observei pelo espelho retrovisor, não parecia um exibicionista.

A rua sem saída estava novamente no meu caminho, eu tinha uma história com aquela rua, quando passava por ela enfrentava a tentação de virar o volante, nunca entrei na rua sem saída, mas eu não sabia até quando conseguiria evitar.

Cruzei a rua que dava acesso ao zoológico, um dia eu e a minha mulher passamos a manhã no zoológico, capítulo da minha vida que me deixava em dúvida, o meu sentimento era de que havia sido muito boa aquela manhã, mas eu não tinha qualquer recordação da visita ao zoológico, então por que eu chamava de manhã muito boa?

Eu passava pelo bar lotado, então sabia que era fim de tarde e que fazia o caminho para casa, eu via as mesas na calçada todas ocupadas, enxergava pelos janelões o interior cheio de gente, aqueles nas mesas externas conviviam com o trânsito, quando eu passava era evidente que eles sabiam que eu estava indo do trabalho para casa, será que eles tinham pena de mim?

O camelô na praça vendendo pinturas, óleo sobre tela, somente retratos, na passada de olhos pensei que pelo menos vinte quadros estavam expostos, reduzi a velocidade, mas não parei, levei algumas imagens na memória, o retrato do homem com chapéu, o retrato da mulher com o rosto na sombra, o retrato da menina com picolé, o retrato do homem com guarda-chuva fechado, mas eu não tinha certeza se todas as imagens na memória eram dos quadros do camelô ou algumas eu inventei.

O muro cinza tinha uma inscrição com tinta preta, uma pichação feita de letras formadas por traços retos, a última letra, por exemplo, era um retângulo, traços retos, retíssimos, pichação de traços retos com tinta preta sobre muro cinza, cidade é ausência de espaço, dizia a pichação, cidade é ausência de espaço.

Reduzi a velocidade e aproximei o carro da calçada, abri a rua para a ambulância, senti pena de quem estava sendo socorrido, mas talvez a ambulância ainda não houvesse apanhado quem necessitava atendimento, logo se fosse aquele o caso eu teria sentido pena de uma ambulância vazia.

Sobre o muro alto eu tinha ouvido falar, os colegas no escritório sabiam do que se tratava, e contavam histórias, atrás do muro alto o bordel com belíssimas mulheres, princesas, classificou um advogado, será que serviam vinho no bordel?

Eu já sabia do almoço de sábado, o tio da minha mulher, aquele que vivia em outra cidade, avisou que vinha por três dias a negócios, marcamos almoço, ele vinha duas ou três vezes por ano, cada vez almoçávamos ou jantávamos juntos, ele sempre pedia macarrão.

O trânsito ficou lento, parou, andou, cheguei ao ponto causador do congestionamento, uma passeata de trabalhadores da coleta de lixo, pediam algumas atenções, queriam usar luvas no trabalho, reclamavam das pessoas que lançavam cacos de vidro no lixo, falavam das noites frias, das ruas mal iluminadas, não entendi tudo, entregavam panfletos, os vidros do meu carro estavam fechados.

A porta do bar, foi onde entrei quando o carro ficou sem combustível, mijei na parede externa, não me lembrava se tinha contado a história para a minha mulher, não, eu contei, sim, contei à noite durante o vinho.

As torres da igreja apareceram atrás dos prédios, dois relógios, os ponteiros maiores divergiam, entre o relógio da direita e o da esquerda havia um instante.

Na esquina, antes da praça, entrei à esquerda, eu havia passado naquele dia por aquela rua e naquela direção, alguma coisa estava errada, o certo seria na ida para o escritório numa direção e na volta para casa em outra, o sentimento de alguma coisa errada me incomodou, mas teria incomodado muito mais se fosse durante uma operação.

O sinal fechado, os veículos da rua transversal cruzaram na minha frente, os táxis me lembraram da operação quando o escritório utilizou táxis, exatamente trinta e nove, a operação onde o cliente e o alvo eram empresas do setor financeiro foi quase toda de campo porque era necessária a abordagem de pessoas, trinta e nove táxis levando os nossos funcionários, táxis porque os funcionários do alvo enxergariam apenas inofensivos veículos, trabalhei bastante naquele dia, não consegui explicar satisfatoriamente para o motorista por que aquele homem que eu enfiei no táxi estava com medo, batizamos de operação trinta e nove.

Não vi quem estava conduzindo os três cavalos sem cavaleiros, eles iam pela avenida trotando entre os carros, gostei de ver os cavalos, gostei mais de não ver quem os conduzia, gostei mais de imaginar que eles estavam sozinhos, cavalos dando um passeio pela cidade, cavalos de corrida, grandes reprodutores, três cavalos ou um cavalo e duas éguas ou uma égua e dois cavalos ou três éguas, eu gostei foi de vê-los sem cavaleiros.

O telefone celular tocou, eu estava chegando na esquina onde vi o vermelho que me obrigaria a parar, atendi enquanto esperava o sinal abrir, era engano, a voz procurava um advogado especializado em questões familiares, era engano.

Virei à esquerda, olhei com o rabo do olho para a direita, para o restaurante onde almoçamos algumas vezes com o tio da minha mulher quando ele vinha para a cidade a negócios, num sábado eu e a minha mulher nos atrasamos, sexo matinal, perdemos a hora, o tio da minha mulher ficou nos esperando quarenta minutos, segundo ele.

Indo e vindo de carro, de segunda a sexta-feira, alguns sábados e domingos também, indo e vindo, nunca encontrei um incêndio no caminho, eu ouvi dois colegas do escritório contar que haviam encontrado um incêndio no caminho, acreditava que eu era um sujeito adequado para caminho com incêndio no meio, foi uma das vezes em que me enganei comigo mesmo, e nunca fiz observações a respeito do assunto durante o vinho à noite com a minha mulher, extraordinariamente bobo, ela diria, eu tinha certeza.

Estacionei na farmácia, comprei colírio para levar no carro, para a minha gaveta no escritório e para o armário do banheiro de casa, eu pretendia não comentar com a minha mulher, esperar que ela encontrasse o colírio no banheiro e fizesse a pergunta, ela entenderia que um dia eu teria que usar colírio?, muitíssimo bobo, talvez um psicólogo me contasse que um soco que tomei no olho durante a infância me levou a acreditar que um dia usaria óculos, muitíssimo bobo.

Revistas em quadrinhos penduradas na banca da esquina, onde parei no sinal vermelho, pensei nos meus heróis, nas minhas imitações de herói, sinal verde, acelerei.

Contornei a praça porque optei ir pela avenida que beirava o rio, a operação com as empresas do setor de energia elétrica teve um capítulo naquela avenida, dois funcionários do escritório perseguindo a pé um funcionário do alvo, correndo, atropelando pessoas na calçada, mudando de lado da avenida entre os carros, até que os dois funcionários do escritório pularam sobre o funcionário do alvo, arrancaram a pasta dele e a perseguição recomeçou, mas inversa, o funcionário do alvo perseguindo dois funcionários do escritório, que se separaram numa esquina, o funcionário do alvo escolheu perseguir o funcionário do escritório que carregava a pasta, depois de um quarteirão de correria o perseguido largou a pasta, o perseguidor acreditou que estava tudo resolvido, afastou-se levando a pasta, ainda sem saber que ela estava vazia, que os papéis ficaram com o outro funcionário do escritório, foi uma aventura e tanto, eu era o funcionário do escritório com a pasta vazia.

A minha mulher conhecia muitas cidades, o trabalho dela exigia viagens, eu não conhecia tantas cidades como ela, mas sabia bastante de muitas cidades porque a minha mulher me informava à noite durante o vinho sobre as cidades das viagens dela, às vezes era como se ela estivesse inventando uma cidade, descrevia ruas, prédios, costumes, gente, cenários novos para mim, a minha mulher dava um gole de vinho e eu pensava que era quando ela preparava a invenção seguinte, uma cidade que tinha aquele jeito de inventada foi descrita pela minha mulher como o lugar onde as pessoas só pintavam as paredes externas das casas depois de perguntar a cor preferida dos vizinhos, afinal eram os vizinhos que colocariam os olhos naquelas cores todos os dias.

Um dia em que a ida para o escritório e a volta para casa foram muito parecidas, o carro era o mesmo, eu era o mesmo, partes do caminho eram as mesmas, as que não eram pareciam que sim pela familiaridade de todo dia, cheguei em casa, cheguei no escritório.

PAPEL

Ele era um homem com alguma alegria, passou a nenhuma depois do incidente.

O escritório gastou alguns dias para resgatar aquilo que ele fora antes do incidente, não se cogitava apagar o incidente, não havia como, mesmo porque o incidente deveria ficar na memória de todos como exemplo.

Recuperar o equilíbrio do funcionário era possível se todos aderissem ao projeto, o escritório gastou alguns dias com o projeto.

A operação da indústria do cimento teve altos e baixos, um funcionário detido pelo alvo foi o ponto mais baixo, ele passou oito horas detido, subornava um técnico em computação, era uma armadilha, o técnico em computação também não sabia.

Não havia intimidade entre os funcionários do escritório, as relações não iam além do formal para preservar a convivência pacífica, mas com o colega que viveu o incidente eu ultrapassei algumas vezes o permitido, conversávamos sobre livros e filmes, nunca chamamos a atenção porque parecia que falávamos de trabalho.

De manhã, chegando no escritório, falamos no elevador sobre o escravo que se revoltou contra Roma, a conversa começou durante a espera pelo elevador, continuou na subida e foi concluída no corredor, o meio foi ouvido no elevador, o que talvez não tenha feito sentido para os ouvintes, portanto a audiência tinha motivos para suspeitar que falávamos de trabalho.

Eu gostava das conversas com o colega que viveu o incidente, mas ele escorregava algumas vezes num comportamento banal, ele carregava no bolso um pente de cabelo, interrompia qualquer atividade para pentear os cabelos, mesmo em meio a uma operação, testemunharam alguns colegas, ele sacava o pente, banal, aquilo eu cheguei a comentar com a minha mulher à noite durante o vinho, ela chamou de banal.

Os homens que penteavam os cabelos a todo instante faziam aquilo para aproveitar enquanto ainda tinham cabelo, disse um advogado, e foi o próprio advogado quem mais riu da piada, e eu pensei em quantas vezes o colega que viveu o incidente penteou os cabelos durante as oito horas em que ficou detido pelo alvo.

A operação da indústria do cimento tinha cliente e alvo idênticos, o cliente queria conhecer segredos do alvo para continuar igual a ele, ficou muito claro na preparação para o trabalho, o cliente não queria ser melhor, buscava permanecer igual, o incidente não evitou que a operação terminasse bem para nós, o cliente continuou igual.

Nos resultados esportivos encontrei empates que beneficiaram um dos lados da disputa, ser campeão com um empate, para o escritório o empate do cliente foi uma vitória, assim o final da operação tinha feição de resultado esportivo.

Alguns incidentes da minha vida eu chamava de punição, eram consequência da culpa, mesmo que eu não soubesse o motivo, mesmo uma gripe, eu me sentia punido quando pegava uma gripe, o colega que viveu o incidente deveria pensar na ideia de culpa e punição, talvez ajudasse a entender o que aconteceu, mas não tive muita vontade de falar aquilo para ele, estaria revelando algo pessoal que não pretendia ver espalhado pelo escritório, eu não falei para ele sobre culpa e punição.

O colega chamava o incidente de aquilo, fazia uma pausa entre a e q, ouvia-se como se fosse a palavra quilo precedida pelo artigo feminino, na autobiografia dele, se existisse, ele grafaria a-quilo, eu pensava.

O colega que viveu o incidente tinha um carro igual ao meu, marca, ano, cor.

Nós não conhecíamos as famílias dos nossos colegas de escritório, o motivo era evitar que mulheres, filhos e parentes aumentassem a curiosidade sobre o nosso trabalho, eu não conhecia a mulher do colega que viveu o incidente, mas sabia que ele era casado porque numa conversa sobre cinema ele se referiu ao ato de assistir ao filme no plural.

Alguns funcionários do escritório ganharam fama por episódios que viraram história, ser detido pelo alvo da operação da indústria do cimento não era o primeiro capítulo importante da carreira do funcionário que viveu o incidente, antes ele havia realizado sozinho uma operação inteira, a operação da escola de línguas terminou bem, a revelação chegou conforme as necessidades do cliente, sucesso na única vez na história do escritório em que um funcionário atuou sozinho, depois do incidente na operação da indústria do cimento poucos lembravam do sucesso na operação da escola de línguas, poucos, quase ninguém.

Ele era um dos poucos no escritório que usava bigode, eu me lembrava de um diretor, também de um advogado de bigode, mas do pessoal com quem trabalhei nas operações eu não lembrava, o colega que viveu o incidente tinha um bigode fino, de longe parecia apenas uma linha sobre a boca, outro funcionário que naquela época usava bigode fino era eu.

Antes do escritório, me contou o colega que viveu o incidente, ele era professor, trabalhava numa escola em outra cidade, ele contou a história numa daquelas conversas que pareciam ser sobre trabalho, ele contou que dava aulas em outra cidade, eu me perguntei por que ele mudou de cidade e de profissão, mas não perguntei para ele, ele dava aulas de história.

A primeira vez que vi o colega que viveu o incidente foi na operação das carnes enlatadas ou do novo modelo de tênis, carnes enlatadas, foi na operação das carnes enlatadas, a primeira impressão me enganou, pensei que ele fosse um advogado, nunca perguntei para ele, mas ele pode ter pensado a mesma coisa a meu respeito, talvez pelo bigode, ou eu estava enganado também naquilo.

No elevador, certa manhã, subimos juntos, ele levava um jornal dobrado debaixo do braço, um jornal esportivo, percebi um jornal esportivo, eu não me lembrava de ter conversado com ele sobre resultados esportivos, mas depois do jornal dobrado debaixo do braço pensei na hipótese de comentar com ele um resultado curioso, um placar muito baixo no basquete ou um acidente no motociclismo.

Oito horas detido pelos funcionários da segurança do alvo, no final da operação ele fez um longo relatório sobre o incidente, nós os funcionários não lemos o relatório, os diretores do escritório ficaram satisfeito com o relatório, mas sempre havia alguém perguntando se ele não contou algo que comprometesse o escritório, um dia um advogado sugeriu que ele poderia ter vendido alguma informação, o advogado não usou o verbo vender, mas quem ouviu entendeu o verbo vender, não era um advogado importante, compreendemos que ele não era importante porque não leu o relatório, se tivesse lido contaria outro tipo de vantagem, aquele era o advogado que usava bigode, ou não era?

O colega que viveu o incidente nunca abaixou a cabeça, foi pior, o rosto triste ficava mais visível, extraordinariamente bobo, diria a minha mulher à noite durante o vinho, se eu contasse para ela sobre o rosto erguido e triste.

Muito triste, nós víamos no escritório um rosto muito triste, recuperar o equilíbrio do funcionário era possível se todos aderissem ao projeto, o escritório gastou alguns dias com o projeto.

A tristeza do rosto era sinal da depressão, não havia como não ficar deprimido depois de passar oito horas detido pelos funcionários do alvo numa operação tão importante, mas eu não garantia que a tristeza do rosto fosse depressão, talvez tristeza mesmo, como ler os resultados esportivos e ficar sabendo que perdeu.

No escritório sentimos que a preocupação era evitar que o estado dele se agravasse, mas bastaria bater nas costas?, convidar para o cafezinho, dizer que a-quilo havia passado, que não tinha mais importância, bastaria?, um advogado cochichou que os diretores do escritório receavam que o colega que viveu o incidente acreditasse que a saída estivesse no suicídio.

Nunca acreditei que o incidente o levasse ao suicídio, eu pensava que a-quilo tinha mais chance de levá-lo à autobiografia.

Como eu me comportaria se a-quilo tivesse acontecido comigo?, a primeira resposta que eu dava para a minha pergunta era que a-quilo nunca teria acontecido comigo, eu era um profissional sério, não seria detido pela segurança do alvo quando tentava subornar um técnico em computação, eu não cairia naquela armadilha, era a minha primeira resposta para a pergunta sobre como eu me comportaria se a-quilo fosse comigo.

A outra resposta era fácil também, no primeiro minuto das oito horas eu pensaria na autobiografia.

A única coisa que deram para ele durante as oito horas foi uma fruta, maçã.

Pronunciar uma palavra mágica e desaparecer da frente dos captores, o colega que viveu o incidente pensou na hipótese, escreveu no relatório sobre a ideia da palavra mágica, um advogado contou depois que o escritório decidiu que ele deveria passar por tratamento em consequência da ideia de palavra mágica.

O que nós ouvíamos sobre o incidente era creditado ao relatório do colega, mas eu pensava que havia muita invenção, pois pouca gente leu o relatório, mesmo alguns advogados não leram, posar de importante era contar detalhes do relatório.

Não acreditei na história do telefone, durante o incidente os captores tomaram o celular dele e pisaram no telefone até que ficasse destruído, e que alguns pisavam dançando, nunca perguntei para o colega sobre a história, nem para saber se a cena foi engraçada, eu não acreditava nela.

Um funcionário comentou no elevador que os captores descarregaram no telefone o que eles tinham para lançar contra o nosso colega, fazia sentido, mas não era a primeira vez que eu não acreditava em alguma coisa que fazia sentido.

A minha coleção de relógios, onde nunca dois teriam a mesma hora, fazia sentido, mas eu não acreditava que um dia começaria a coleção.

A tristeza do colega que viveu o incidente ameaçava contaminar os outros funcionários do escritório, fazia sentido, o escritório gastou alguns dias para resgatar o que o funcionário fora antes do incidente, não se cogitava apagar o incidente, não havia como, mesmo porque o incidente deveria ficar na memória de todos como exemplo, era preciso apagar a tristeza sem eliminar o exemplo, fazia sentido, eu acreditava.

Um dia a história do colega na operação da indústria do cimento seria chamada de lenda, fazia sentido, a história do funcionário detido quando subornava um técnico em computação, e era uma armadilha, viraria lenda, mas continuava o exemplo, fazia sentido, uma lenda amedrontando os funcionários, fazia sentido.

Mas se falou também da hipótese de fantasia, que o colega que viveu o incidente fez a profissão dele ser mais emocionante falsificando algumas situações, redigiu um relatório com a verdade envolvida por algumas invenções, uma história para ter uma história para contar, eu acreditava, fazia sentido.

Ele gritou quando ficou detido?, houve tempo em que eu tive medo de grito, mas não senti medo com a hipótese de que ele teria gritado, hipótese era pouco para sentir medo, e talvez eu nem mais sentisse medo na época do incidente.

Eu teria gritado se o incidente ocorresse comigo?, e se fosse no tempo em que eu tinha medo de grito?, sentiria medo do meu próprio grito?, reagir a gritos com outros gritos, anular, a ideia existiu, nunca pratiquei, a ideia me assustava, eu sentindo medo do meu grito, não fazia sentido.

Se eu estivesse no lugar do colega que viveu o incidente, duas opções, ter gritado ou apenas escrever no relatório que gritei.

Eu conversei muitas vezes com o colega, bastante antes do incidente, poucas vezes depois, o que ele disse para mim revelaram o grau de invenção dele?, nada do que conversamos era invenção, pois falávamos de livros e filmes.

Muitas das minhas conversas com o colega que viveu o incidente foram no elevador, lado a lado, tanto que eu descreveria melhor o perfil dele do que o rosto, no elevador eu enxergava mais orelhas do que olhos, estive no elevador lado a lado com ele à direita e à esquerda, ele tinha pelos fartos saindo pelas orelhas.

Eu não sabia descrever os olhos dele, mas eu tinha um desenho do bigode, o colega era um dos poucos no escritório que usava bigode, eu me lembrava de um diretor, também de um advogado de bigode, mas do pessoal com quem trabalhei nas operações eu só me lembrava do colega que viveu o incidente, ele tinha um bigode fino, de longe parecia apenas uma linha sobre a boca, outro funcionário que naquela época usava bigode era eu.

Eu sempre pensei que os pais deveriam dar nome aos filhos tomando alguns cuidados, conversei com a minha mulher à noite durante o vinho sobre nome para filhos, evitar por exemplo aquele nome que ficava mais próximo de marca de medicamento do que de prenome, o colega que viveu o incidente tinha nome de remédio.

Quando o escritório foi informado sobre o funcionário detido na operação da indústria do cimento, a minha primeira lembrança foi o nome dele, que ele tinha nome de remédio, eu não sabia por que havia pensado naquilo, não era hora, pensei.

Eu e o colega continuamos depois do incidente conversando sobre livros e filmes, mas falamos também de assuntos vistos na televisão ou encontrados na internet, houve até quando no elevador o nosso assunto foi algo observado na rua.

A ideia de convidar o colega para beber vinho à noite comigo e a minha mulher não seria aprovada pelo escritório, mas a primeira ideia não foi o vinho, pensei num jantar, macarrão, mas eu não sabia se o colega gostava de macarrão, nunca perguntei para ele, nem sobre vinho.

A recuperação do colega que viveu o incidente se deu pelo trabalho dele na operação seguinte, todo o escritório acreditou na volta à normalidade quando, após a revelação que satisfez o cliente envolvido com máquinas de lavar roupa, ele retornou sorridente, alguns no escritório definiram como mais que sorridente, feliz, e outros preferiram não usar recuperação, defendiam que a palavra correta era salvação.

O colega chamava o incidente de a-quilo, fazia uma pausa entre a e q, ouvia-se como se fosse a palavra quilo precedida pelo artigo feminino, mas depois da operação das máquinas de lavar roupa ele nunca mais fez a pausa, e talvez não tenha voltado a usar a palavra aquilo nem para coisas que não fossem o incidente.

Ser detido durante a operação era um risco, mas não o maior deles, tinha como escapar, o maior era outro risco, a irregularidade da operação geraria outras irregularidades, inclusive contra a operação, contra o escritório, porque a tentação estava presente, impossível separar irregularidade de tentação, quantas vezes uma operação nossa terminou com as revelações necessárias para o cliente porque um funcionário do alvo, que também agia cercado de irregularidades, caiu em tentação, não tinha como escapar.

O meu colega de sala caiu em tentação, realizou uma negociação pessoal após uma operação, voltou a cair em tentação quando demonstrou uma riqueza que ele não teria, pagou pelas duas tentações, quer dizer, eu não sabia quanto ele pagou porque desconhecia onde o meu ex-colega de sala foi parar depois da revelação do segundo erro, mas alguma coisa eu achava que ele pagou.

O funcionário que trabalhou na operação do material esportivo caiu em tentação, nós chamávamos de big erro, ele contou para o filho pequeno que logo ele ganharia a bola mais bonita do que qualquer bola que ele conhecia ou tenha imaginado, o garoto contou para os amigos na escola, o acaso fez o resto, o funcionário pagou.

Eu nunca caí em tentação, o colega que viveu o incidente encarou a tentação, a minha mulher viajando a negócios corria o risco de cair em tentação, eu nunca caí em tentação, ou então eu não sabia o que era cair em tentação, caí em tentação sem saber do que se tratava.

Havia também a ideia de que tentação remetesse a punição, mas eu acreditava que não era difícil encontrar nos arquivos do escritório o registro de algum caso de tentação que remeteu a premiação.

Na operação da indústria do cimento, o incidente ocorreu quando o funcionário do nosso escritório subornava um técnico em computação, era uma armadilha, mas para o técnico em computação tratava-se apenas de tentação, e ele havia caído, na tentação e na armadilha.

Eu chamava o relógio de algema, a minha mulher não evitaria o riso, nunca falei com ela sobre algemas, ela classificaria de extraordinariamente bobo, planejei falar, não falei, me lembrei de algemas na época do incidente, o colega detido foi algemado?, não perguntei para ele, ele poderia ter respondido que aquilo era extraordinariamente bobo.

O homem com alguma alegria passou a nenhuma depois do incidente, voltou a ter alguma após o tratamento, todos nós colaboramos, a operação bem-sucedida das máquinas de lavar roupa também, mas eu achava que decisiva mesmo foi a ordem de curar-se dada pelo escritório.

As oito horas que ele passou detido na operação da indústria do cimento formavam uma biografia, sem necessidade de qualquer outra parte da vida dele, o incidente era uma vida inteira, pensei em dizer para ele no elevador, nunca falei, não era necessário, eu não o conhecia muito profundamente, mas o suficiente para acreditar que ele sabia que a biografia dele estava feita.

O colega esqueceu o guarda-chuva no local do incidente.

CÔMICO

A ampulheta marcando o tempo de uma competição esportiva, dia de folga no escritório, eu tinha um dia inteiro para pensar em coisas como uma ampulheta marcando o tempo de uma competição esportiva.

Um dia me prometi que na folga tomaria o caminho da estrada, então todo dia de folga eu me prometia uma estrada, mas nunca cumpria.

Dia de folga, logo não era domingo, no escritório eu tinha folga durante a semana, coincidia frequentemente com as viagens da minha mulher, sozinho na folga, mas mesmo que não houvesse viagem ela estaria trabalhando, sozinho na folga, gastar o tempo, nós tínhamos uma ampulheta na sala, minha mulher comprou em algum país que ela visitou a trabalho.

Quando eu e a minha mulher tivemos coincidência de folga, passamos a manhã inteira no zoológico, fomos ao cinema, Zelig?, Zelig, voltamos para casa à noite, estacionamos na garagem, não combinamos, a ideia apareceu para nós dois, trepamos no banco de trás do carro, nunca ficamos sabendo se houve audiência.

Quando eu e a minha mulher tivemos coincidência de folga, a manhã começou com o desjejum no elevador, preparamos café e sanduíches, comemos e bebemos enquanto descíamos, largamos as xícaras vazias num canto do estacionamento do prédio.

No início do dia de folga eu me sentia na obrigação de estar cansado, no final do dia de folga eu me sentia na obrigação de estar descansado, eu falava do meu cansaço para a minha mulher à noite durante o vinho, a irregularidade do trabalho no escritório me cansava muito, sempre pensava que a palavra não era irregularidade, nunca falei da irregularidade do escritório com a minha mulher à noite durante o vinho.

As coisas tinham um caminho natural, mas no escritório nós sempre tomávamos um atalho, que não encurtava a distância, ia pelo avesso, tudo ficava mais longe, mas se não fosse pelo atalho não daria certo, disse um diretor e repetiam os advogados.

Por atalhos ou não, saí de carro num dia de folga, circular, deveria não esquecer de conversar com a minha mulher à noite durante o vinho a respeito de circular, o verbo e o adjetivo, ela me chamaria de cômico, eu gostaria.

Saí de carro no dia de folga, circular, seria aquele enfim o dia de folga quando tomaria a prometida estrada?, não.

Um camelô vendendo óculos anunciava as ofertas com um discurso, estava logo adiante na calçada à minha esquerda, vi os gestos dele, o movimento dos lábios, diminuí a velocidade, abri o vidro do carro, ouvi uma frase, compre óculos para enxergar melhor o fim do mundo, fechei o vidro do carro, acelerei.

O tio e o sobrinho da minha mulher volta e meia nos visitavam, o tio usava volta e meia para se referir às visitas, eles viviam em outra cidade, chamavam a nossa de grande, tinham então motivo para nos visitar, o tio justificava com negócios, mas gostava da cidade por ser grande, o sobrinho queria conhecer o metrô, conheceu, minha mulher o levou, eu não fui, eu não conhecia o metrô, o tio e o sobrinho da minha mulher usavam óculos.

Dia de folga no carro, liguei o rádio, ouvi resultados esportivos, na noite anterior havia sido batido um recorde de natação, um jogador de basquete feriu a testa, um time de handebol completou quinze jogos sem ganhar, um goleiro fez gol de cabeça no último minuto do jogo, uma tenista estava processando uma fábrica de raquetes, um boxeador anunciou o fim da carreira, um ciclista confessou que preferia ser guarda-livros, uma ginasta olímpica alertou para os males causados pelo macarrão, apertei o botão do rádio, ele me levou para outra emissora, tocava música, eu não vejo a hora de te dizer aquilo tudo que eu decorei.

Me lembrei que um canal de televisão substituiu um programa de resultados esportivos por uma série sobre discos voadores.

Quem bateu a minha carteira?, fazia muito tempo que eu não me perguntava quem bateu a minha carteira, os dias de folga eram feitos para perguntas, não necessariamente para respostas, cômico, diria eu mesmo, quem bateu a minha carteira?, cômico.

Memorizei o número da placa do caminhão da coleta de lixo, vi a placa traseira, ultrapassei, a dianteira pelo retrovisor, por ter visto a traseira ficou fácil ler a dianteira no espelho, visão dupla que me levou naturalmente a memorizar o número, a principal consequência foi iniciar o trabalho de esquecer o número.

No carro eu não conseguia olhar apenas pelo vidro dianteiro, a tentação de verificar a paisagem pelos vidros laterais era muito grande, vi um cenário familiar, provocou a minha memória, então fiz uma pergunta para mim mesmo, outra, outra pergunta para mim mesmo, eu seria capaz de mijar na rua?, na calçada?, na parede de um bar?, haveria na cena um elemento importante para a definição do meu perfil, os meus dias de folga não ajudavam muito a desenhar o meu perfil.

Eu já havia feito muita coisa na vida sem me importar com audiência, nem ao menos imaginava que pudesse haver audiência, ignorava a possibilidade de audiência, mas fiquei em dúvida quando entendi que poderia existir audiência, fiquei em dúvida se queria ou não uma audiência, não fiz perguntas, eu estava cansado demais para aquilo, era o meu dia de folga, dia para descansar, eu estava me cansando com a preocupação sobre audiência, me cansando no meu dia de descanso, alguma coisa estava errada na minha vida, mas eu não gostava de fazer perguntas para mim mesmo no meu dia de folga.

Punição por alguma coisa, punição pelo desconhecido, punição no dia de folga, mas punição sem saber a causa era comum na vida de tanta gente, por que eu haveria de me preocupar?, eu merecia uma punição exemplar, não importava o motivo, uma punição, ataque de pássaros enfurecidos, era algo com o que eu poderia sonhar na noite anterior ao dia de folga, eu acreditava, pássaros enfurecidos executando a punição, era uma possibilidade, extraordinária possibilidade, e eu teria o que contar.

Havia no escritório homens merecedores de extraordinárias punições?, eu não sabia, nós não nos conhecíamos o suficiente para conhecer o que cada um era, mesmo no caso de conversar sobre filmes e livros eu não sabia com exatidão quem era aquele homem que conversava comigo sobre livros e filmes, mas eu queria saber quem ele era?, eu não sabia se queria.

Poucas mulheres no escritório, trabalhei com mulheres em algumas operações, sempre menos mulheres que homens, havia mulheres na operação da construtora de prédios de apartamentos, duas ou três, eu me lembrava de uma, ela me entregou uma folha de papel, quando peguei a folha toquei na mão dela, eu senti, ela sentiu, nos olhamos nos olhos, extraordinariamente bobo, mas então por que eu tive uma ereção?, eu pensava que já havia esquecido da história, da ereção, história para recordar em dia de folga.

Meus olhos bateram no asfalto por onde eu dirigia no dia de folga, uma fila de formigas no asfalto, claramente uma fila de formigas diante do meu carro, eu talvez devesse aproveitar o dia de folga para comprar colírio, um dia, eu sabia, um dia a necessidade de usar colírio, estacionei na farmácia, comprei colírio para levar no carro, para a minha gaveta no escritório e para o armário do banheiro de casa.

Pensei em sugerir para a minha mulher que mudasse de emprego, trabalhar no escritório, teríamos novos assuntos à noite durante o vinho, mas nunca sugeri para a minha mulher que mudasse de emprego, o escritório não contrataria a minha mulher, mas eu não tinha certeza se o escritório sabia que eu era casado, sabia, com certeza sabia, sabia até que eu um dia seria obrigado a usar colírio.

Percebi algo no chão do carro, quase escondido sob o assento ao meu lado, dirigindo com a mão esquerda busquei com a direita, era uma caixa de charutos, então lembrei, comprei uma caixa de charutos, um dia eu voltaria aos charutos, comprei uma caixa porque às vezes eu sentia necessidade de me adiantar sobre mim mesmo.

Um sujeito na rua, quase parei o carro, deveria ter parado, era meu dia de folga, dia de parar, quase parei o carro para ver o sujeito andando na calçada, era um sósia, sentimento de arrepio, diante de certos acontecimentos não me passava um arrepio, eu vivia apenas uma espécie de sentimento de arrepio, como se a ausência de um arrepio obrigatório forçasse a me sentir como se tivesse tido um arrepio, vi o sósia na rua, sentimento de arrepio, um sósia, eu tinha um sósia, dias como aquele valiam a pena, mas eram poucos.

Tocou o telefone celular, era a minha mulher perguntando como ia o dia de folga, planos não faltavam, dei um exemplo, comprar jornais com anúncios classificados para verificar se havia à venda alguma coleção de relógios.

Dia de folga, de carro para circular, liguei o rádio em busca dos resultados esportivos, o locutor deu também o resultado da loteria, o número sorteado era a data do meu nascimento.

ANTES

Vou no caminho de casa ou no caminho do trabalho, vou no caminho, o atropelamento é bem na minha frente, não ouço o som da batida do automóvel contra o homem porque os vidros do meu carro estão fechados.